加速世界

Accel World

24 青華劍仙

川原 礫

插畫 / HIMA

Kadokawa Fantastic Novels

■黑雪公主＝梅鄉國中的學生會副會長，是個清純又聰慧的千金小姐，真實身分無人知曉。校內虛擬角色為自創程式「黑鳳蝶」，對戰虛擬角色為「黑之王」＝「Black Lotus」（等級9）。

■春雪＝有田春雪。梅鄉國中二年級生，體型略胖，遭人霸凌。對遊戲很拿手，但個性內向。校內虛擬角色為「粉紅豬」，對戰虛擬角色為「Silver Crow」（等級5）。

■千百合＝倉嶋千百合。跟春雪從小就認識，是個愛管閒事又活力充沛的少女。校內虛擬角色為「銀色的貓」，對戰虛擬角色為「Lime Bell」（等級4）。

■拓武＝黛拓武。跟春雪及千百合從小就認識，擅長劍道，對戰虛擬角色為「Cyan Pile」（等級5）。

■楓子＝倉崎楓子，曾參加上一代「黑暗星雲」的資深超頻連線者。前「四大元素(Elements)」之一，司掌風。因故過著隱士般的生活，但在黑雪公主與春雪的勸說下回歸戰線。曾傳授春雪「心念」系統。對戰虛擬角色是「Sky Raker」(等級8)。

■謠謠＝四埜宮謠。參加上一代「黑暗星雲」的超頻連線者。名列「四大元素（Elements）」之一，司掌火。是松乃木學園國小部四年級生。不但能運用高階解咒指令「淨化」，還很擅長遠程攻擊。對戰虛擬角色為「Ardor Maiden」(等級7)。

■Current姊＝正式名稱為Aqua Current，本名冰見晶。是前「黑暗星雲」旗下的超頻連線者「四大元素（Elements）」之一，司掌水。人稱「唯一的一（The One）」，從事護衛新手的「保鏢（Bouncer）」工作。

■Graphite Edge＝本名不詳。是前「黑暗星雲」旗下的超頻連線者「四大元素」之一，真實身分至今仍然不詳。

■神經連結裝置＝以量子無線方式與大腦連線，透過影像與聲音等方式，對所有感官都能提供訊息的攜帶型終端機。

■BRAIN BURST＝黑雪公主傳給春雪的神經連結裝置內應用程式。

■對戰虛擬角色＝玩家在BRAIN BURST內進行對戰之際所控制的虛擬角色。

■軍團＝Legion。由多名對戰虛擬角色組成的集團，以擴張占領區域及確保利權為目的。主要軍團共有七個，分別由「純色七王」擔任軍團長。

■正常對戰空間＝指進行BRAIN BURST正規對戰（一對一格鬥）用的場地。儘管有著直逼現實的高規格重現度，但遊戲系統則與上個世代的格鬥遊戲相差無幾。

■無限制中立空間＝只允許4級以上對戰虛擬角色進入的高等級玩家用場地。其中的遊戲系統規模遠超出「正常對戰空間」之上，自由度比起次世代VRMMO遊戲也毫不遜色。

■運動指令體系＝用以控制虛擬角色的系統，正常情形下對於虛擬角色的控制都由這個系統處理。

■想像控制體系＝透過堅定想像意念（Image）來控制虛擬角色的系統。運作機制與正常的「運動指令體系」大不相同，只有極少數人懂得如何運用，是「心念」系統的精要。

■心念（Incarnate）系統＝干涉BRAIN BURST的想像控制體系，引發超越遊戲格局之現象的技術。又稱做「現象覆寫（Overwrite）」。

■加速研究社＝神祕的超頻連線者集團。不把「BRAIN BURST」當成單純的對戰遊戲而另有圖謀。「Black Vise」與「Rust Jigsaw」等人都是這個社團的成員。

■災禍之鎧＝名喚Chrome Disaster的強化外裝。一旦裝備上去，就可以使用吸取目標HP的「體力吸收」與透過事前運算來閃避敵方攻擊的「未來預測」等強力技能，但鎧甲擁有者的精神會遭到Chrome Disaster污染，進而完全受到支配。

■Star Caster＝Chrome Disaster所拿的大劍，有著凶惡的造型，但原本的外形可說名符其實，是一把意象莊嚴，有如星星般閃閃發光的名劍。

■ISS套件＝IS模式練習用（Incarnate System Study）套件的縮寫。只要用了這種套件，任何超頻連線者都能夠運用「心念系統」。使用中會有紅色的「眼睛」附在虛擬角色的特定部位上，散發出來的黑色鬥氣就是象徵「心念」的「過剩光(Over Ray)」。

■「七神器(Seven Arcs)」＝指「加速世界」中七件最強的強化外裝。包括大劍「The Impulse」、錫杖「The Tempest」、大盾「The Strife」、形狀不詳的「The Luminary」、直刀「The Infinity」、全身鎧「The Destiny」與形狀不詳的「The Fluctuating Light」。

■「心傷殼」＝包覆對戰虛擬角色根源所在之「幼年期精神創傷」的外殼。據說若外殼格外堅固厚重，安裝BRAIN BURST後就會塑造出金屬色的對戰虛擬角色。

■「人造金屬色」＝不是從玩家的精神創傷中自然誕生，而是由第三者加厚其「心傷殼」，人為創造出來的金屬色虛擬角色。

■「無限EK」＝無限Enemy Kill的簡稱。是指在無限制中立空間因強力公敵導致對象虛擬角色死亡，經過一段時間復活後再次被殺，陷入無限地獄的迴圈。

▶▶▶ Accel World

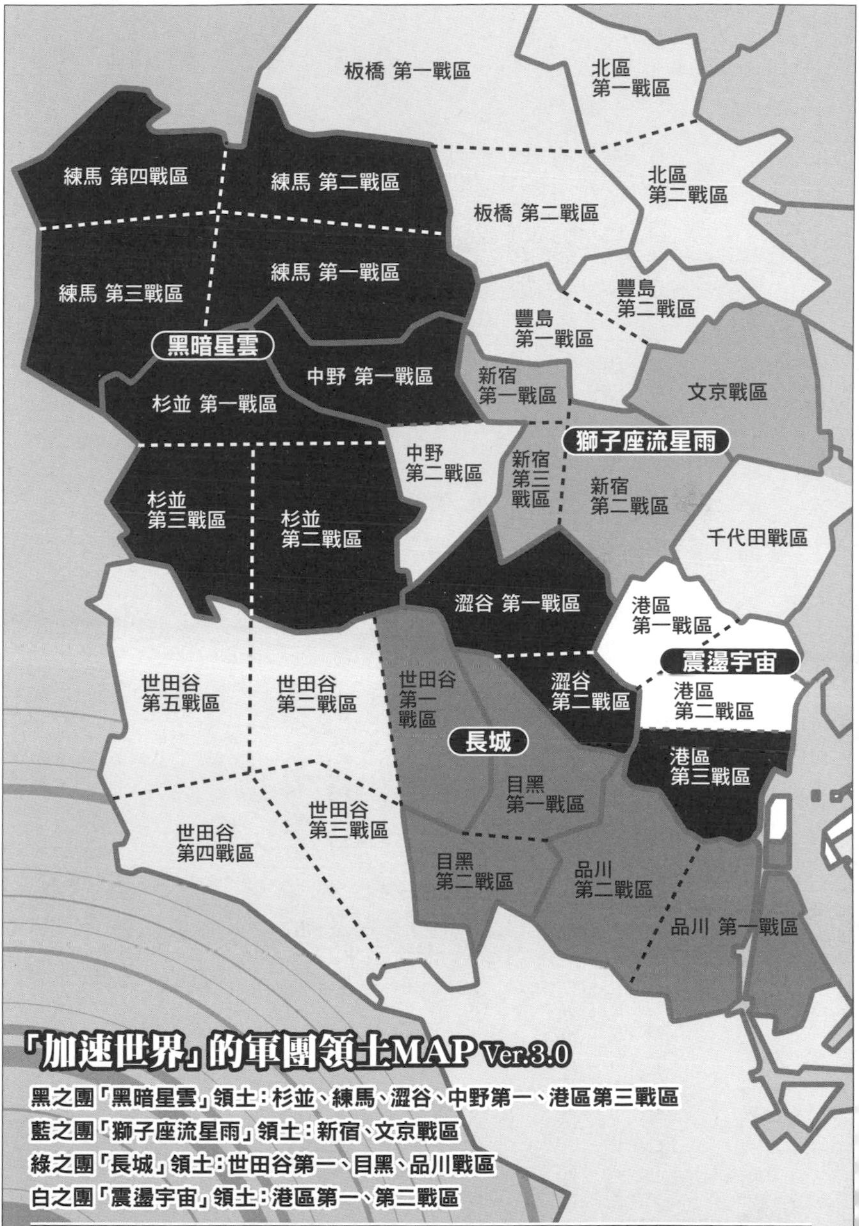

「加速世界」的軍團領土MAP Ver.3.0

黑之團「黑暗星雲」領土：杉並、練馬、澀谷、中野第一、港區第三戰區

藍之團「獅子座流星雨」領土：新宿、文京戰區

綠之團「長城」領土：世田谷第一、目黑、品川戰區

白之團「震盪宇宙」領土：港區第一、第二戰區

空白地帶：板橋、北區、豐島、中野第三、千代田、世田谷第二、第三、第四、第五戰區

1

「20320930。」

下意識中喃喃唸出的八個數字，搖動了春雪嘴巴底下幾公分處的水面。水面出現小小的波紋，碰到浴槽內側後消失。他挪動身體，把鼻子都泡到熱水裡，一邊吐出泡泡一邊思考。

——我大概一輩子都不會忘記這個數字吧。

這是他從以前就儲存在記憶當中的數字。因為二〇三二年九月三十日，是春雪的劍之主兼「上輩」黑雪公主的生日。然而昨晚，這串數字的意義產生了永遠不可逆的改變。就在春雪看到了列印在她雪白後頸肌膚上的紫色條碼那一瞬間。

一個身心健全的國中二年級男生，一旦經歷到和大自己一歲的女生一起泡澡這樣的體驗，照理說應該會有一兩週擺脫不了某種形而下的衝動。然而深深烙印在春雪記憶中的，既不是隔著水汽目擊到的優美裸體，也不是用沐浴海綿搓洗過的背部那柔韌的手感，而是黑雪公主令人震撼的告解。

——我不是從媽媽的肚子出生的。是把體外受精的胚胎放進人工子宮培養而成的所謂「機械小孩」。

——我還在人工子宮培養的階段，就已經被戴上神經連結裝置，施予了複製靈魂的處置。脖子上的條碼，應該就是當時留下的紀錄……這也就表示，我在靈魂層級上，和雙親沒有任何關連。

黑雪公主和春雪面對面泡在熱水裡，告訴他這件事。

這番話令人震撼，但同時也有一點點讓他想通。黑雪公主有時會做出無謀的舉動——例如從暴衝的車下救了春雪時那種不顧自身安危的行動，說不定就是來自於她知道自己是機械小孩的認知。如果真是如此，那就非常令人悲傷。哪怕是從人工子宮出生，生而為人的存在意義也不應因此而有絲毫減損。黑雪公主無論在現實世界或加速世界都受到許多人愛戴，她是獨一無二的。

昨天，剛聽黑雪公主告解完，他自認已經用上所有話語把這些想法告訴她。但像現在這樣自己一個人待在家裡回想，就滿心覺得說得根本不夠。他應該一次又一次地反覆強調。強調自己是多麼珍惜黑雪公主，多麼感謝能夠認識她。

春雪再度將嘆息化為泡泡，用手指塞住雙耳，閉上眼睛深深吸一口氣，然後以仰躺的姿勢將身體沉入熱水之中。

有田家的浴室，以公寓大樓而言算是比較大的類型，浴槽的內尺寸也很大，所以縱向全長較短的春雪只要微微彎起膝蓋，就能把全身泡進水裡。水溫設定得不太熱，讓皮膚與熱水的界線變得含糊，空調裝置的噪音也被遮住，只剩自己的血流在腦中迴盪。

不知道待在人工子宮裡頭，是不是就像這種感覺？

當然了，黑雪公主再怎麼厲害，多半也記不住出生前的事情，但聽說也有個說法，認為人類會把所謂的胎內記憶，保留到大約兩三歲大。如果黑雪公主的腦內最深處仍然保有些許人工子宮時期的記憶，他就希望儘可能去對這種感受理解與共鳴。

過了一會兒，春雪開始覺得難受，但仍然努力讓身體泡在水裡。直到再也撐不下去，才把頭探出水面，貪婪地呼吸空氣。

——我想變強。

春雪重複著深呼吸，在心中如此低喃。

自從成了超頻連線者以來……搞不好是從更早更早之前，他就一直有著這樣的願望。但如今驅使春雪的渴望是深沉又劇烈，讓他想大聲喊出來。

不只是身為超頻連線者的強，作為一個人，他也希望變得更強。強大到能夠永遠不讓任何事物折磨心上人的心。

他右手穿出水面，高高舉起，正想一拳搥在熱水上，但在最後幾公分停住。

急躁不會帶來結果。要一步一步，做不到的話就半步半步，又或者哪怕一次只能前進一個小指頭份，都要堅忍不拔地往前進。多得是要做的事情。不管在現實世界，還是加速世界。

「……學姊，我一定……」

春雪把接下來的話吞回胸中，起身走出了浴槽。

2

吹乾頭髮後回到自己房間，發現盛夏的陽光在陽台地板上反射，把整個房間照得一片白。

七月二十二日，下午兩點。明明還只是暑假第二天，卻覺得已經過了一週以上。因為就是發生了這麼多事情。

昨天舉辦的七王會議上，Black Vise與Wolfram Cerberus闖入——嚴格說來，是白之王全權代理Ivory Tower終於露出真面目——還讓神獸級(Legendry)公敵「太陽神印堤」落到作為議場的日本武道館，讓藍之王Blue Knight、綠之王Green Grandee、黃之王Yellow Radio、紫之王Purple Thorn，以及黑之王Black Lotus，都陷入了無限ＥＫ狀態。

所幸紅之王Scarlet Rain與其他與會者總算得以脫身，但春雪等黑暗星雲團員，內心都受到了重大的打擊。但他們仍然勉力積極向前，在軍團會議中擬訂黑之王救出作戰，今天立刻展開了行動——進行到這一步，白之團幹部集團「七矮星(Seven Dwarfs)」第三人Rose Milady寄了郵件給春雪。

Milady說想拯救被白之團，不，是被加速研究社利用來進行「計畫」的Orchid Oracle——若宮惠，春雪與黑雪公主相信她的話，和她一起前往惠進行住院治療的國立成育醫療研究中心。

Milady與春雪，和已經昏睡將近兩天的惠進行有線直連，潛行到無限制中立空間，從有過許多恩怨糾葛的東京中城大樓，救出了被囚禁在其中的Oracle。

當時春雪還放了莫名被囚禁在同一處的NPC（D·one）——流浪鐵匠Mr.Smith，請他對自己的強化外裝「輝明劍（Lucid Blade）」施加了高熱無效的強化。這當然是為了對抗太陽神印堤發出的超高熱，但本來在黑之王救出作戰裡，攻擊手要由擁有神器「The Infinity」的Trilead Tetraoxide擔任。雖然當時沒有時間把他找來，但總之這樣一來，攻擊印堤的職責就落到了春雪肩上。

——現在的我，有辦法完成這樣的重責大任嗎……

春雪望著燒灼窗外陽台的盛夏陽光，忽然就要變得喪氣。這時他聽見一個小小的音效，收到郵件的圖示圖示亮起。

寄件人是黑雪公主。他急忙點開圖示，開啟內文。

【惠的檢查剛剛結束。說是她的腦部沒有檢查出異狀，明天就可以出院。詳情我晚點再說明。我替惠，還有也順便替Milady跟你道謝。春雪，真的很謝謝你。】

黑雪公主的文章還是一樣簡潔，但還是感受得到她鬆了一口氣。春雪也跟著鬆一口氣，回信說：【太好了。請幫我跟若宮學姊說聲保重。】

若宮惠是在今天上午十點多醒來。黑雪公主與Rose Milady也就是越賀莟留在醫院，春雪則想到自己如果在場，她們要換衣服或吃飯可能都不方便，於是先行告辭。回家路上，他去了一趟梅鄉國中照顧小咕，但仍在上午回到家。母親到明天早上之前都不會回家，所以接下來會有一段久違的完全自由時間。

要躺在床上看看新出的漫畫，還是把玩到一半的老式ＲＰＧ玩到破關呢……他想來想去，最後揮開所有誘惑，走到客廳去。將冰涼的麥茶倒進玻璃杯，坐在餐桌旁的椅子上，打開梅鄉國中的綜合學習ＡＰＰ。

昨天晚上，他在黑雪公主家裡也相當認真地做功課，但暑假作業還剩下很多。他的目標是在七月之內——就算七月太勉強，也希望能在八月上旬之前做完，所以一天都不能荒廢。他不管三七二十一地點開不拿手的數學分頁，一隻手拿起虛擬筆，開始解聯立方程式。

換作是以前的春雪，注意力大概持續不了十分鐘，但最近他覺得自己對於腦子要打到幾檔，漸漸能夠控制得頗為隨心所欲。說穿了，就是因為還有覺得討厭或麻煩的意識剩下，才會無法專心。只要能夠像在加速世界修行的時候那樣，把意識轉移到更深處，雜念就會消失——即使沒消失，也能推得遠遠的。專心的一小時，強過不專心的三小時。

春雪不時用麥茶滋潤喉嚨，心無旁騖地不斷解著方程式。這種課題不是只要提出答案，還必須提出手寫（當然不是用真正的紙張，而是寫在電子紙上）的計算過程，所以不能用計算ＡＰＰ作弊。解不出來的時候，就翻開教科書，瞪著類似題目的解法來尋找提示。拚命想著想著，遲早會靈光閃現，這種時候就要趕快動起右手。

他就這麼解決了五頁數學課題，然後喘口氣，喝完已經變溫的麥茶。結果彷彿就被看準了這一瞬間。

叮咚一聲告知有訪客的聲響響起。聽這音色，不是有田家的玄關，而是大樓一樓的自動門鎖對講機。顯示出來的訪客視窗上拍到的是——

「咦……學……學姊？」

這個戴著白色寬邊帽，身穿青綠色連衣裙的女生，無疑就是黑雪公主。先前在醫院道別時，她身上穿的不是這套衣服，所以多半是先回自己家一趟再過來，但到底為什麼——

「請問，為……為什麼……？」

春雪忍不住這麼一問，視窗內的黑雪公主就輕輕聳了聳肩膀。

「你還問我為什麼，我不是在郵件裡寫說晚點再跟你說明了嗎？」

「原來那是指當面跟我說明喔！」

「不然還能怎麼解釋？」

春雪心想「是～這樣嗎～～」，但他當然不可能選擇請學姊回去，急忙一邊按下開鎖按鈕，一邊說道：

「這個，請請請進！」

「嗯，謝謝。」

黑雪公主輕輕一揮手，身影消失在畫面左方的自動門當中。春雪急忙站起來，低頭看看自己。他穿著居家的五分褲與T恤，但由於才剛泡過澡換過衣服，所以應該不會有汗臭味。順便環顧客餐廳，確定並不髒亂。

他衝向玄關，把拖鞋以最完美的角度放好，門鈴就再度響起。他迅速開了電子鎖，一打開門，就有柑橘類的芳香混著一股熱氣直衝面門。

「歡……歡迎學姊。外面很熱吧？」

「是啊，都不敢去想八月會有多熱。」

黑雪公主說著跨過門檻，身上卻沒有一滴汗水。春雪心想這是否也是心念的力量……正要關上門，然而……

「等等，還有我啊。」

「啊，抱歉，請進……」

從再度打開的門走近來的，是個穿著連身款制服的嬌小女生。是他五小時前才道別過的越賀莟——Rose Milady。換作是前不久的春雪，多半已經嚇得跳起來，但他勉強按捺住心中所受的震撼，問起：

「原……原來越賀姊也一起嗎？」

莟聽了，從長長的瀏海縫隙間白了春雪一眼。

「怎麼，你不太吃驚嘛。虧我還蹲著躲過樓下的攝影機。」

聽她這麼一說，就想到訪客視窗上，的確只拍到黑雪公主。

「……為……為什麼要做這種事？」

「只是想小小惡作劇一下。」

「這……真不好意思，辜負了妳的期待。」

我也不會一直都那麼好嚇……春雪想著這樣的念頭，正要拿出一雙新的拖鞋，結果……

「哇！」

有人在這麼一聲叫聲中，在他背上拍了一記，讓春雪沒出息地大聲嚷嚷著跳了起來。

「喔哇啊啊啊啊！」

他在玄關處坐倒，抬頭一看，看見站在門前的，是穿著針織短毛衣與褲裙的兒時玩伴。

「小……小百！為什麼連妳也在？」

「我們剛好在電梯碰到。」

黑雪公主從背後回答，倉嶋千百合就一臉甜笑說：

「小春，你的反應完全符合我的期待喔。」

「……難道，妳就只是為了嚇我……？」

「怎麼可能。」

千百合把笑容換成拿他沒轍的表情，提起了左手的托特包給他看。

「想也知道你沒吃什麼像樣的東西，所以我就拿飯菜來給你。還不拜謝！」

聽她這麼一說，春雪也只能五體投地。千百合說得沒錯，他的午餐就只是把熱過的冷凍炒飯扒進嘴裡。

「感……感激不盡……來來，請進請進。」

春雪排好第三雙拖鞋後，領著女生們走進空調涼爽的室內。三人在餐桌旁坐下，他就從廚房端來盤子、餐具以及準備裝麥茶的玻璃杯。

從托特包裡出現的三個大型塑膠容器裡，裝的分別是配料豐富的三明治吐司盒子、裝了滿滿花椰菜的綠沙拉，以及炸雞塊和蘆筍肉捲，飯菜陣容堪稱無敵。而且，量多得足以讓四個人大大飽餐一頓。

「……小百，妳早知道學姊她們要來？」

春雪忍不住這麼一問，千百合就搖了搖頭。

「沒有，完全不知道。」

「那，為什麼拿這麼多來……」

「媽媽說難得做了，就帶個三餐的份給你。所以上了電梯看到黑雪學姊在，我還真嚇了一跳呢。」

千百合一邊把炸雞塊分裝到盤子上，一邊把視線轉向莓。

「那，這妹妹是誰？是日珥的人嗎？」

——咦咦，學姊還沒幫她們介紹喔？

春雪把這樣的念頭灌注在視線裡，看向黑雪公主，但軍團長一臉風涼樣地繼續分著沙拉。坐在她身旁的莓似乎也不打算自己報上名。

春雪無可奈何，停下倒麥茶的手，說道：

「呃，首先小百，這位已經國三……」

「咦，大我一屆？這可失禮了。」

「然後，她不是日珥的人，是震盪宇宙的人……」

「咦，震盪宇宙？我又失禮了……等等，咦……咦咦咦咦！」

這次千百合終於發出驚疑的叫聲，右手筷子還靈巧地夾著炸雞塊，整個人嚇得往後跳開。

「震盪宇宙不就是白之團嗎！為什麼會跟學姊一起來小春家！」

「唔，這說來話長……總之這位是越賀莓姊，是震盪宇宙七矮星裡排第三的Rose Milady裡面的人。」

春雪一邊以左手拿好空盤，一邊這麼介紹，千百合就以拉高兩成音量的聲音大喊：

「喔咦咦咦咦！」

炸雞塊從筷子落下，春雪立刻以左手的盤子在空中接住。

二十分鐘後。

當千百合媽媽親手做的飯菜大致吃完，春雪也差不多把狀況說明完畢。

起初春雪很擔心千百合與蒼會不會處不來。畢竟她們兩人在現實世界當然是第一次見面，但在加速世界裡已經見過一面。而且不是在正規對戰，是在沒有規則的無限制中立空間。

前天，週六傍晚舉辦的領土戰爭中，黑暗星雲對震盪宇宙大本營所在的港區第三戰區展開了奇襲。目的是剝奪震盪宇宙的「對戰名單隱蔽特權」，把潛伏於戰區內的加速研究社社員給揪出來。然而這次進攻先被敵人料到，整個領土戰爭的空間被Orchid Oracle的無畏級心念「範式瓦解（Paradigm Breakdown）」，轉移到了無限制中立空間。

激戰之中，春雪、千百合與Trilead等三人與本隊分頭行動，去接觸Orchid Oracle。而擋在他們去路上的，就是負責護衛Oracle的Rose Milady。

為了擊破遠比他們高等的Milady，春雪採取了奮不顧身的戰法。他和Milady糾纏在一起，讓Trilead將她連著自己一起用「天叢雲（Heavenly Stratus）」一刀兩斷，在瀕死之際再靠Lime Bell的「香櫞鐘聲（Citron Call）」治療——當時千百合就看著春雪被砍成兩截，所以春雪本來心想，她看待Milady的心境可能會挺複雜的，只是沒想到……

「對了越賀學姊，領土戰那時候，我們用賤招對付妳，真的很對不起！」

千百合喝了一口餐後紅茶後，突然說出這樣的話來，所以不只是菪，連春雪也啞口無言了好一會兒。他一張嘴開開合合了兩三次，才對兒時玩伴問起：

「妳說的賤招……就是我的自我犧牲作戰？」

「那還用說？竟然讓敵人連著自己給Lead砍成兩截，然後只有自己補血，要是我被敵人來這麼一下，一定吞不下這口氣！」

「不……不對，可是，那個時候……」

春雪吞吞吐吐地想反駁，菪在她右前方微微透出苦笑。

「Bell……倉嶋同學，妳不需要道歉的。畢竟那場戰鬥完全沒有規則可言，何況妳的回復能力也是BB系統認可的正當能力。該怪的反而是把領土戰爭空間變成無限制中立空間的震盪宇宙。」

菪正要低頭道歉，黑雪公主迅速從旁伸出食指，撐住了她的額頭，還順勢往上推。

「……Lotus，妳做什麼？」

「我才要說，妳不需要道歉。訂出那個計謀的是Ivory Tower，不，應該說是Black Vise吧？」

「話是這麼說沒錯，但既然我沒反對，我也就有責任。」

萫堅決不退讓，硬要低頭，而黑雪公主也一直用力把她的額頭往回推。

春雪啞口無言地看著她們這樣，腦袋裡有個角落在想。

沒錯──最不可思議的就是這點。Black Vise的計謀形同將Orchid Oracle當棄子用，萫為什麼不反對？Oracle和萫一樣是Suffron Blossom的「下輩」，也就是說兩人情同姊妹，對萫而言，她應該是整個加速世界中比任何人都更加重要的人。

耳邊響起了在笹塚的圖書館第一次見面時，萫所說的話。

──比起軍團的大義，我更優先的是Oracle的性命。

大義。萫的確這麼說過。她認為白之王White Cosmos與加速研究社的計畫當中，不，應該說是這陰謀當中有著大義。

在太陽神印堤即將落地時，他們碰到的七矮星位列第一的Platinum Cavalier，也說過大同小異的話。

──即使受到諸王的軍團攻擊，無可避免會導致點數全失，會想脫離震盪宇宙的團員，是一個也沒有。

這也就是說，將近三十名的團員，全都與萫一樣相信白之王的大義。到底是有什麼目的，能夠將創造出災禍之鎧，散播ISS套件這樣的事情，都加以正當化──

萫彷彿感受到了春雪的百思不得其解，視線看了過來。黑雪公主也放下手指，鄭重表情。

「Crow……有田同學。」

萕第一次叫出春雪的本名後，一瞬間咬了咬嘴唇，繼續說道：

「你，還有Lotus跟Bell，當然都有權知道真相。知道白之王與震盪宇宙到底在追求什麼，想成就什麼。可是，我想請你們再等一等。等我和小蘭正式退出震盪宇宙之後，我會把我所知的一切，好好說給你們聽。」

春雪從當上超頻連線者至今，已經遇過很多次被吊胃口的情形，但這次堪稱最大規模。但這個情勢下，他也不能只顧自己一個人鬧脾氣。

「……我明白了。可是……說是要退團，應該也不簡單吧。越賀姊和白之王都一樣是永女……是恆女的學生，就算關掉全球網路連線，也隨時有可能經由校內網路被『處決』……」

「你說得的確沒錯，但所幸暑假才剛開始，要撐過處決有效期限的一個月並非不可能。」

「啊，對……對喔……」

春雪點了點頭，但坐在他對面的黑雪公主面有難色地沉吟起來。

「嗯……可是越賀，妳的現實身分，Cosmos和其他團員當然知道吧？畢竟妳家也在學校附近，受到PK……在現實中被攻擊的可能性，大概也不低吧？」

「說起來是這樣沒錯。」

萕這麼一回答，就像電影人物似的舉起雙手。

「可是，Cosmos那個大小姐中的大小姐在現實中跑來攻擊我，這個構圖我完全無法想像。Fairy這類人也許有可能，但那樣的話我自己就會給他們來個迎頭痛擊。」

她握住小小的拳頭，用往腹部送上一拳的姿勢往前揮出。

春雪忍不住在腦海中描繪出眼前的越賀蒼，往Snow Fairy的肉身腹部送上一拳的場面，然後頻頻搖頭揮開。

「……就……就算是這樣，還是得小心防範啦。震盪宇宙也有恆女在校生以外的男性團員吧？也可能是這些人來抓妳……」

春雪原原本本將自然而然想到的念頭說出來，結果話一出口，不只是蒼與黑雪公主，連千百合都表情僵硬。這時春雪才想起以前聽仁子說過一件事。

仁子說，女性超頻連線者有著一種傾向，在加速世界變得愈強，對現實世界中的男性就愈會提防。說如果是對戰虛擬角色，不分女性型或男性型，都可以對等對抗，但肉身則有著明顯的力量差距。春雪對這番話不太容易有切身的感受，但推測有可能在現實世界遭到多名男子攻擊，似乎讓在場的女性都感受到了過剩的恐懼。

「這……這個，對不起，我說了奇怪的話……」

春雪縮起脖子道歉，女生群就連連眨眼，然後不約而同地苦笑。

「不，畢竟這件事不能說是絕對不會發生。」

黑雪公主這麼回答，往身旁的蒼看了一眼。

「實際上，有沒有這方面的危險？七矮星的第三把交椅反叛，這種事情我覺得連基層團員都會很難接受。」

「誰知道呢……我跟新團員沒說過幾句話。」

蒼的這個回答，讓千百合納悶起來。

「可是學姊，既然是幹部，應該會去教導低等級團員吧？教的時候也至少會聊聊天吧？」

「噢，我們團裡，這種事情全都由Reaper和Behemoth一手包辦……我想這些新進團員，可能幾乎都沒見過Cosmos吧？」

聽到她這麼說，這次換春雪皺起眉頭。Behemoth指的應該就是七矮星位列第七的Glacier Behemoth，但他不記得曾經跟後面名字叫Reaper的震盪宇宙團員交戰過。他心想，領土戰爭前跟黑雪公主要來的名單上應該會有，正拚命翻找記憶，結果……

「小春還是老樣子，點數全都點到短期記憶了說。」

千百合拿他沒轍地這麼說完，展現她對長期記憶的自信：

「剛才講到的應該就是七矮星排在六的Cypress Reaper吧？我也沒見過，不過資料上就有寫說，是偏特殊色的近戰型。」

「Cypress Leaper……」

春雪喃喃說著，萏就追加了新的資訊。

「Reaper在前天的領土戰爭被分配去防守港區第一戰區，所以沒出現在那個戰場上。」

「原……原來是這樣啊。呃……這Leaper的意思是『跳躍者』嗎？」

「不是L開頭，是R開頭的Reap……『收割者』的意思。Cypress是指柏木，直譯就是『柏木收割者』。」

「收割柏木的人……是伐木型虛擬角色的感覺嗎？像是配備電鋸之類的。」

春雪對這個推測有幾分自信，但不只是萏，連她身旁的黑雪公主都輕輕噗嗤一聲笑了。

「呵呵……很遺憾的，這人可不是這種討喜的虛擬角色啊，春雪。柏木在西洋是死的象徵，而Reaper有著『收割靈魂之人』的意思。也就是死神……外觀也一樣很典型，就是披著破爛的斗蓬，配備了很大一把木柄的鐮刀。」

「嗚呃，死神喔……」

春雪又縮了縮脖子，把視線拉回萏身上。

「……這麼說來，震盪宇宙的新人，都是由這個死神，還有那個有夠大隻的Behemoth指導了？」

「是這樣沒錯。」

「這樣秒退團率不會很高嗎……？換作是我，大概三天就會哭了……」

「哎呀，Crow，你不是由『鐵腕』Sky Raker指導的嗎？」

被她正經地這麼一問，春雪先朝黑雪公主瞥了一眼，然後點點頭說：

「是……是啊，怎麼說……系統相關還有正規對戰的知識，是黑雪公主學姊教我的，但心念方面主要就是由Raker師父……」

「既然這樣，Reaper和Behemoth的訓練對你來說根本沒什麼大不了的。他們兩個人都是相當像樣的老師，而且你要知道，引退前的Raker那種超絕斯巴達式教育，可是連鄰近戰區都有耳聞喔。雖然她回歸後我就不知道了。」

「…………」

她回歸後也完全是斯巴達教育這句話，春雪說不出口，只能露出抽搐的笑容。當春雪請初次見到的她指導心念，她就溫柔地將春雪從東京鐵塔遺址的頂端推了下去，這點他記憶猶新。身旁的千百合也以七成真心的聲調說：

「我要學心念的時候，也別找楓姊，找謠謠好了。」

「太……太賊了啦！我要是可以選，也想選四埜宮學妹……」

「啊，我要把你這句話跟姊姊說！」

「呃，萬萬不要啊！」

春雪合掌拜託，千百合伸舌頭扮鬼臉。結果坐在他們對面的黑雪公主鬧彆扭似的開了口：

「喂喂，你們兩個從一開始就沒把我放在選項裡，是怎麼回事？記得我在昨天的軍團會議上，就表明過以後我會對教導心念會以更積極正面的態度看待啊。」

「這……這我當然記得……」

春雪說到這裡變得吞吞吐吐，千百合接著說到：

「因為黑雪學姊的特訓，絕對跟姊姊一樣斯巴達啊！」

「哦？妳都說成這樣了，那我也不能退縮啊。要我好好指導你們兩個來當餐後運動也行喔？」

「明……明明只有千百合這麼說啊！」

春雪說完就嘗試進行物理上的逃脫，但千百合牢牢揪住他的領子。

忽然間，荅重重呼出一口氣，春雪也就停止逃走，看向右前方。本以為她是覺得拿大家沒轍，但荅露出平靜中卻又有些酸楚的笑容說：

「原來如此……這就是黑暗星雲的強悍真正的來源啊。」

「咦？妳……妳說哪個？」

「就是現在這裡有的這種氣氛。」

荅輕輕攤開雙手，輕聲細語地說下去。

「『——超高速之翼(Speedster)』Silver Crow和『時鐘魔女(Watch Witch)』Lime Bell，已經是加速世界無人不知的

頂尖玩家。『絕對切斷(World End)』Black Lotus更是不用說了……一般來說，即使是同一個軍團的團員，位階爬得愈高，彼此間的關係就會變得愈生硬。原因很簡單，因為BRAIN BURST是個互相爭奪點數的遊戲。朋友知心的同時，也知道自己的弱點。要穩穩守住自己現在的地位，就會想避免洩漏更多資訊，於是築起高牆，連好友都疏遠。除非感情非常堅定，對吧？」

「……怎麼這樣……」

春雪覺得這番話實在太悲觀。因為春雪所知的許多高等級玩家——日珥的「三獸士(Triplex)」或長城的「六層裝甲(Six Armor)」，看起來就是彼此深深信賴，無論優點或缺點都互相共有。

然而——

「……也對。以前的我和『四大元素(Elements)』就是這樣。」

黑雪公主靜靜地這麼說，讓春雪大大睜開了眼睛。

「怎麼會……學姊和師父，還有四埜宮同學、晶姊之間，哪裡有什麼高牆……」

「如果真的是你說的這樣，黑暗星雲就不會瓦解……不是嗎？不過，現在回想起來，其實是我一個人築起了高牆吧……」

「…………」

春雪對當時的事情，只透過聽說的方式知情，所以無法貿然反駁，咬緊了牙關。

莟盯著這樣的春雪看，說了下去：

「實際上，大軍團的幹部在現實世界有交流的情形都很稀有。當然『上下輩』是另當別論，但上下輩互相殘殺的例子也不稀奇。」

「可……可是……」

春雪總算振作起來，對蒼問起：

「白之團的核心團員裡，有很多是恆女的學生吧？她們不會在現實世界也見面嗎……？」

「也沒有很多……現階段，包括我和Cosmos在內，大概六個人吧。」

「足足六個人？」

發出這聲驚呼的是千百合。她右手還拿著最後一份三明治吐司盒，大剌剌地表達出自己的驚訝。

「有這樣已經夠多了！像我們軍團，同校的學生只有四個耶！」

「就算讀同一間學校，交情未必就好吧？」

聽到蒼的這個回答，不只是千百合，連春雪也縮起了肩膀。成為超頻連線者之前，他們兩人就處在有著幾分緊張感的關係——嚴格說來是春雪單方面地疏遠千百合，還曾經做出把千百合特地做給他的便當砸在走廊上這種天理難容的舉動。

的確，同一間學校的所有學生之間都很要好，這種事情是不可能的。可是——

「可是，就算是這樣，也不至於說平常就互相敵對吧？那樣會搞得軍團運作不下去……請問讀恆女的震盪宇宙團員，具體來說是處在什麼樣的關係？」

聽春雪這麼問，萏將纖細的手臂攏在胸前，沉吟起來。

「被你這麼一問，還真不好回答——對了，漫畫或遊戲裡，不是都會跑出魔王和部下幹部集團這樣的陣容嗎？」

「……是……是啊，是會有……」

「就像那樣。」

「……」

春雪大量攝取這類漫畫、動畫與遊戲長大，這個比喻讓他非常好懂，但也因此而忍不住在腦海中浮現具體的情景。聖永恆女子學院的校舍最隱密處，有個不為人知的房間，白之王和五名幹部圍繞著橢圓形的桌子，每當有人揶揄起其他人，被揶揄的一方就憤而吼說：「妳說什麼！」雙方一觸即發之際，副官喊說：「肅靜！王的跟前不可放肆！」……

春雪搖搖頭，揮開這些沒營養的想像，連連點頭。

「……我……我大概明白了。可是……把白之王說成魔王，沒關係嗎？」

「我是覺得都要退團了，哪有什麼有關係沒關係……不過的確，Cosmos給人的感覺不是魔王那種風格啊。女王……是Purple Thorn比較像，說公主屬性她也不太有……」

萏正歪頭思索，黑雪公主就小聲說了一句：

「『聖女』。」

春雪無法立刻想出這個字眼的含義，但莟則恍然「啊啊……」了一聲。

「原來如此，聖女是吧。她那種不食人間煙火的純真，的確跟這個說法很搭……只是，天主教的聖女全都是殉教者喔，我想Cosmos應該根本不打算為了什麼事情殉死。」

「的確，畢竟是『剎那的永恆（Transient Eternity）』啊。」

黑雪公主說完，諷刺地笑了笑，然後輕舒一口氣，說道：

「算了，就先不說Cosmos……我們來談談妳吧，越賀。妳要利用暑假來迴避『處決攻擊』，多半不是不可能，但也不能說萬無一失吧。在找到能夠解決這疑慮的手段之前，先別急著退團是不是比較好？」

聽到這個提議，莟露出意外的表情。

「哎呀，妳說這種話沒關係嗎？如果拖延下去，我改變心意，覺得還是想在震盪宇宙過下去，妳是打算怎麼辦？」

「應該不會吧。對現在的妳而言，惠……Oracle應該比軍團重要很多倍。」

聽黑雪公主這麼說，莟以被說中的表情喝了一口紅茶，頓了一會兒後回答：

「由妳對我來說這句話，是會覺得有點怪，不過妳說得沒錯。我再也不能讓小蘭被Black Vise利用……為了保護她，我跟她也只能盡快脫離軍團，尋求新的軍團庇護……」

「咦……？」

一聽到荅這麼說，春雪小小叫出一聲。

「請……請問，妳說要找新的軍團……不是要加入黑暗星雲嗎？」

結果荅與黑雪公主對看一眼，微微苦笑。

「你願意這麼說，我是很高興，但事情沒有這麼單純。我和小蘭投奔的軍團，必須是白之團認為『正面衝突並不明智』的軍團才行。震盪宇宙和黑暗星雲是已經處在全面開戰狀態，所以現在他們也不必再顧慮關係會惡化。」

「可……可是要這麼說的話，白之團足足讓五個純色之王陷入了無限EK喔！這不也就等於，對每個軍團都宣戰了嗎……」

「是啊。所以要投奔的地方，不是諸王的軍團，會是還沒跟震盪宇宙處在敵對狀態的中型軍團了……」

的確，加速世界中除了六大軍團之外，還存在著許多中小規模的軍團。光看杉並附近，就可以立刻想到在板橋戰區逐漸擴大勢力的「Helix」、以豐島戰區為大本營的「Nightowls」、在西東京市活動的「Ovest」這幾個軍團。

如果是這些中型軍團，相信震盪宇宙也不能貿然對他們動手。由於現在正處在隨時會與六大軍團全面衝突的狀態，對於要另外樹敵，應該會有所遲疑。當然接納她們的軍團也會有風險，但兩名高等級玩家的知識與戰力，應該是任何軍團都求之不得的。

——然而。

「學姊……妳覺得這樣好嗎？」

春雪以沙啞的嗓音，對坐在對面的黑雪公主問起。

「好不容易救回了若宮學姊，和越賀姊也像這樣熟起來，卻沒辦法邀她們參加黑暗星雲……而且，若宮學姊還是梅鄉國中的學生。一旦她進了其他軍團，將來也可能會跟我們打……——學姊曾經說過吧，說在與震盪宇宙的那場領土戰爭最後，就已經請若宮學姊離開震盪宇宙，加入黑暗星雲。現在卻……」

春雪說到這裡，就再也說不下去，黑雪公主以平靜中像是有所忍耐的眼神看著他。

「當然，我也不甘心。可是實際上要面對的問題，就是既然我們不可能二十四小時保護惠與越賀，就不能不仰賴其他軍團的嚇阻力。這件事，是我們三個人談過之後決定的。」

「…………」

春雪無話可說，低頭不語。

相信黑雪公主、惠與菸在春雪離開後的病房裡，就討論過了今後的方針。她本來也可以把這件事當成已經定案的事情，只用郵件告知一聲。但她們兩人卻為了當面解釋這件事，特地來到有田家。春雪應該要體察她們的心意，乖乖接受——理智上他明白是這樣。

「這種事……不用我說，我想學姊也知道……若宮學姊恢復了身為超頻連線者的記憶後，一直很痛苦。她受白之王操縱，背叛了好朋友黑雪公主學姊，這件事讓她一直自責。現在她的這種痛苦總算緩和下來，虛擬角色也從無限制空間的牢獄中脫身……卻沒辦法去到由衷想去的地方，這樣實在太……！」

春雪說得忘我，雙眼溢出滾燙的水珠，一滴滴落在握緊的拳頭上。千百合從身旁伸出手，輕輕拍著他的背。這個感覺更讓他覺得自己沒出息。

──我這樣根本只是個講不聽的小孩。

──不要只會鬧彆扭，要努力想啊，想個辦法保護若宮學姊和越賀姊，免於受到現實中的攻擊（PK）……

他低著頭，把腦子運轉到幾乎起火。

就如黑雪公主所說，要每天二十四小時保護她們兩人確實有困難。如果只針對惠外出的時候，也許有辦法輪流派人陪伴，但實在不覺得多了春雪一人，那些會進行ＰＫ的人就會打消主意；而且荅住在港區，更無法徹底保護她周全。無論身為超頻連線者變得多強，在現實世界他都只是個沒有錢也沒有力氣的國中生……

──在現實世界是如此。

那麼，在加速世界呢？

ＰＫ的目的不是施暴，而是強迫對方進行直連對戰，打得對方點數全失。所以只要能在對戰中一再獲勝，反而可以逼得對方無路可逃，但處在血肉之軀遭到拘束的狀態，實在很難保持冷靜。如果能夠想出什麼辦法，對這直連對戰插手……在BRAIN BURST的規則下，這件事是絕對不可能的，但「加速世界中沒有絕對」也是春雪花了半年學到的真理。

沒錯──超頻連線者無法干涉直連對戰，但如果是「她們」呢？

「……越賀姊！」

春雪猛一抬頭，用力擦著雙眼透出的眼淚，對蒼問起：

「請問，越賀姊跟四聖天照有連結對吧？」

「咦？……是啊，該說是連結，還是合作……」

蒼對這突如其來的話題轉換顯得不知所措，春雪朝她探出上半身說：

「那，在現實中受到攻擊時，能不能請天照保護？既然是四聖，應該就能經由Highest Level對直連對戰空間也進行某種程度的干涉。就算沒辦法直接降臨，也可以加掛一些增益效果，或是出借強化外裝……」

「咦咦！」

連蒼也發出驚呼，接著皺起眉頭。

「請天照……？嗯……就倫理上的問題而言，既然是為了對抗ＰＫ這種禁忌中的禁忌，我是覺得可以得到容許，但系統上就很難說了吧。就拿你的『梅丹佐之翼（Metatron Wing）』來說，也是在無限制中立空間（Mean Level）直接接觸到她，然後才借到的吧？就算是四聖，要對直連對戰做出實際的干涉，大概還是沒辦法吧……我想頂多就只能傳話。」

「嗯……」

這次換春雪沉吟了。萏繼續累積否定的意見。

「而且，我想我和天照的關係，和你跟梅丹佐的關係不太一樣……我剛剛說過『合作』，終究像是一種基於契約的互惠關係，就算我遭到ＰＫ，我也怎麼想都不覺得她會因此無條件幫助我。」

「互……互惠關係……？」

春雪聽到這個在加速世界不太會提到的字眼，戰戰兢兢地問起：

「這也就是互相提供一些東西對吧？具體來說，是提供什麼……？」

「就是情報。天照提供關於BRAIN BURST系統面的情報，我提供從玩家也就是超頻連線者立場而知道的情報。實際上，就只是偶爾用語音接觸，東聊聊西聊聊。」

「……可是……」

春雪一邊回想起四聖天照那與梅丹佐有著不同風格的優美站姿，一邊說道：

「可是，昨天的七王會議前，我在Highest Level見到兩位時，Milady姊就說過了吧，說妳自認是天照的朋友……我想，天照一定也是這麼想的。」

萏聽了後，有些靦腆地透出苦笑回答：

「我那句話的意思，終究只是說我自己這麼認為。對方怎麼想，我根本不會知道……畢竟對方可是主觀時間幾千年來一直活動的超級ＡＩ。」

「ＡＩ……」

聽她這麼一說，「會說話的Being」，也就是四聖梅丹佐與天照，的確徹徹底底就是人工智慧。

二〇四七年的現在，ＡＩ技術已經與人們的生活融合，密切的程度讓人已經無法意識到ＡＩ的存在。從公共攝影機、自動駕駛車、家電控制，到神經連結裝置的許多服務，全都是有ＡＩ才能成立的。

但相對的，擁有高度模擬人格的ＡＩ，則受到國際條約的嚴格限制，可進行人類水準對話的ＡＩ，春雪這些平民幾乎沒有機會見到。聽說比春雪出生更早了幾年的二〇二〇年代後半，發生了某種事件，導致全世界都對ＡＩ進行管制，但不管在網路上怎麼搜尋，都找不到事件的詳細情報。

也就是說，擁有和春雪他們同等——甚至更高——智慧的梅丹佐與天照，顯然是違法的ＡＩ，但ＢＢ程式本來就建立在入侵公共攝影機網路的基礎上，事到如今才討論違法云云也沒有意義。眼下的問題，是「高於人類」的天照，會不會將苳視為朋友而伸出援手。

「既然這樣，我們四個人就一起去問她吧！」

桌上沉重的沉默，突然被這麼一句話打破。春雪看著發言者千百合，慢慢問清楚：

「妳說去問……是問天照？」

「Of course！」

「……可……可是，要去到Highest Level，就必須要靠梅丹佐幫忙……梅丹佐的修復預計要到明天過完才結束，所以我不能主動叫她……」

「你在說什～麼鬼話啊？重要的事情怎麼可以只在那什麼來著的Level講，要直接見面談才可以吧！天照的家……是叫『天之岩戶』嗎？我們直接過去那邊拜託她，相信她一定會明白的！當然得先把黑雪學姊從印堤裡面拉出來就是了。」

「…………」

良久不語的不是只有春雪。他先依序看了看同樣啞口無言的黑雪公主與苳，然後再度轉頭面向兒時玩伴。

「……我說小百，妳說得倒簡單，但天之岩戶可是東京車站的地下迷宮耶，是四大迷宮之一耶！要去到最深層，可不知道有多辛苦……」

「你講什麼鬼話啊！」

千百合舉起左手，在春雪背上用力拍了一記。

「前天領土戰爭的時候，光靠我、小春和Lead三個人，不就闖過了四大迷宮裡面的芝公園地下迷宮嗎！這次有四個人，所以一定沒問題的！」

「我才要說妳講什麼鬼話啊！」

春雪舉起右手，戳了戳千百合的側腹。

「那個時候是有小小丹把迷宮內中頭目以下的公敵全～都給非攻性化（Nonactive）好不好！要不是有她幫忙，只靠三個人就想攻略，怎麼想都辦不到啊，一般光是要去到頭目的地方，就得湊個十人，不，是要二十人規模的……」

「不，那也未必。」

說話的是黑雪公主。

「……咦？」

「四大迷宮各有固定的內部屬性，所以如果只是要去到頭目的房間，那麼如果能湊到幾個適合這些屬性的對戰虛擬角色，用不到十個人也有可能突破。當然如果想打倒最終頭目……也就是打倒四聖，就最好能有三隊十八個人了。」

……為什麼一隊算六個人？

春雪決定這個問題以後再問，問出了另一個問題。

「請問，天之岩戶的固定屬性，是什麼屬性？……」

「火焰的最高階，『紅蓮』屬性。」

「嗚呃……比『火山』還高階喔……」

自然系火屬性空間從低階算起是「沙漠」、「焦土」、「熔岩」、「火山」，最上面就是最罕見也最危險的紅蓮。春雪用力皺起眉頭，側腹部就被千百合回頂了一記。

「你是金屬色，有火焰抗性，還算好了吧！我可是很怕火的！」

「話……話是這麼說沒錯啦……」

Lime Bell是基礎防禦力很高的綠色系，但或許是因為顏色名來自植物，就如她本人所說，對火焰傷害的抗性略低。從這個角度來看，同屬植物名的Rose Milady，火焰抗性多半也低，黑雪公主大概也不會高。

「……憑我們這四個人，多半還是很難。如果至少有火焰抗性很高的四埜宮學妹、負責滅火的晶姊、可以飛簷走壁的Pard小姐，能進行範圍防禦的楓子師父，負責挖岩石的阿拓，還有……」

「那不就幾乎是所有人了！」

春雪被千百合吐嘈而閉上嘴，黑雪公主就呵呵一笑。

「不過要出動全團團員雖然會有困難，但的確想再找兩三個人啊。不過……即使能夠突破迷宮，也還有別的問題啊，千百合。」

「咦？問題……是嗎？」

「唔，在頭目大廳迎接我們的，應該不會是越賀的朋友天照本體，而是第一形態的凶猛巨神。攻擊力多半和梅丹佐的第一型態同等吧。」

「啊……」

千百合小聲驚呼，身體微微發抖。

梅丹佐第一型態有多可怕，多強悍，春雪和千百合都有過切身的體認。除了在「地獄」空間以外，常態隱形加上全屬性傷害穿透，事實上等於是無敵狀態，再加上一旦命中就會瞬殺的超大口徑雷射，是「四神」級的最強公敵。當然天照的特徵多半不會一樣，但第一型態同等危險這點是無庸置疑。而要讓天照本體現身，就必須在不靠迷宮機關幫助的情形下，打倒第一型態。

「……辦不到啦，小百。辦不到辦不到。」

春雪高速搖著頭說：

「前天的梅丹佐戰，是打一百次會輸九十九次裡面剛好抽到會贏的那一次，是奇蹟啊。妳仔細想想，從加速世界創造出來到現在明明過了八年以上，卻從來不曾有任何一個超頻連線者讓『四聖』的第二型態……讓本體現身。可是我們沒幾天就想成功第二次，這再怎麼說也太……」

「Crow。」

這時插嘴的，是已經沉默好一會兒的荅。

「……什……什麼事？」

「我剛剛才想起，記得你答應過了吧？」

「……答……答應過誰？」

「答應天照。」

這句話讓春雪一瞬間瞪大眼睛，然後正要再度連連搖頭——才總算想起。

想起七王會議之前，在Highest Level和天照談話時，確實被迫答應了一件事。她那古風的語氣在腦海中甦醒。

——Silver Crow，你聽好了。如果要道謝，就不應該只在Highest Level說了就算，而是要正式來到本座的祠堂。當然也別忘了貢品。

而且昨天晚上，從黑雪公主家裡轉移到Highest Level時，天照也對春雪下過命令。

——那邊那位說話尖酸的大天使，一直跟我炫耀她吃到了蛋糕什麼的，所以本座要一樣的東西。

「啊…………糟……糟了，我答應過……要送蛋糕到天之岩戶……」

春雪無力地點頭，荅就淺淺地微笑著說：

「既然這樣，你最好早點履行承諾。說來理所當然，天照可是把她和我們的對話一字一句記得清清楚楚。如果你放她鴿子，惹得她不高興，事情可就嚴重了，真的。」

春雪本想問她最後還補上「真的」兩字的真意，但覺得聽了只會更害怕，所以還是作罷。

「……可是，仔細想想實在很沒天理啊……照她說的話送蛋糕去，卻要被第一型態攻擊……」

他轉而嘀咕起來，荅不改臉上的微笑回答：

「我想，天照大概也真有那麼點期待吧。期待你們既然能把梅丹佐的本體從芝公園地下大迷宮解放出來，那麼是不是也能不動用弱化機關，就打倒第一型態的天照。」

「咦……可是梅丹佐不是說過嗎？說天照有繭居體質，連Highest Level都很少去。」

「那多半是因為……」

但荅說到這裡就頓了對，先微微搖頭再說下去：

「不了，我就不再胡亂推測了。天照和梅丹佐能像我們這樣說話，但本質上她們和人類完全不一樣。她們真正要的是什麼，我們大概無法理解。」

「…………」

一股衝動性質的抗拒上衝到喉頭，讓春雪張開了嘴。但他就是說不出口，只反覆淺淺的呼吸。

過去春雪一直感受到——不，是一直相信的事物，與蒼完全相反。他相信梅丹佐雖是加速世界的Being，但本質上和人類完全一樣。相信她也有感情，也會哭、會笑，能夠去愛。

然而，那也許只是春雪的願望，只是春雪希望她們這樣。也許真如蒼所說，梅丹佐他們是人工智慧，和春雪他們人類之間，有著絕對無法跨越的隔閡。

即使如此，應該還是可以縮短彼此間的距離。透過多交談，多共有體驗，想必能夠漸漸讓彼此真正互相了解。為此，還是非得解放天照不可。從將她困在地下迷宮深處足足八千年的第一形態這個牢獄當中解放出來。

「……我會去。」

春雪先深呼吸一口氣，說道：

「因為我答應過了天照……等成功救出黑雪公主學姊後，我們立刻帶著蛋糕，去天之岩戶。」

「也對。相信在天之岩戶，你的劍也會派上用場。」

春雪先對蒼的這句話一瞬間有些不解，隨即發現她指的是春雪的強化外裝輝明劍，施加了高熱傷害無效的強化。而且強化所需的大量點數還是蒼支付的。

「上……上次真的承蒙妳關照了……」

就在春雪一鞠躬的同時，千百合則做出反方向的動作，靠到椅背上。

「不過啊，真沒想到你竟然就把自己的劍給他強化下去說！這麼快就發現鐵匠，真的是Giga Lucky，可是這樣就得由你殺進印堤裡面了啊，小春。雖然也是可以把劍讓渡給Lead或阿拓啦。」

「不，我來。」

春雪難得立刻做出這樣的回應，讓千百合「喔！」了一聲，又在他背上拍了一記。

「怎麼，平常都沒看你這麼積極。這樣我幫你補血也才來勁啊。」

「我不管什麼時候都很積極。」

春雪說出這句顯然是鬼扯的話，朝桌子對面看了一眼。黑雪公主也以她黑色的眼眸回視。

「……學姊，我一定會把妳從無限ＥＫ狀態救出，還請再等一下。」

「嗯……我當然相信你。」

黑雪公主以平靜中卻又有著一些難以啟齒似的語氣這麼回答，荅就往旁看去。

「我是覺得這句話似乎不該由我來問，不過……實際上救出作戰的情形怎麼樣了？都過了整整一天，行動會不會太慢了點？」

「我是覺得這件事似乎不該告訴妳，不過……諸王的軍團全都亂成一團。對五大軍團聯合救出作戰，有贊成的意見，也有反對的意見；有認為應該優先對白之團進行總攻擊的意見，也有認為應該先救出諸王的意見，各式各樣的意見來來去去，各軍團內部的意見整合似乎遲遲沒有進展。」

「……原來如此啊。」

蒼的喃喃自語，被春雪的呼喊蓋過。

「怎麼這樣……！怎麼想都應該以救出為優先吧！」

「這樣我當然也更加感謝，只是……」

黑雪公主始終保持冷靜地繼續說明：

「根據負責和其他軍團交涉的Raker轉告，其他軍團裡，認為擊破太陽神印堤是不可能任務的意見，似乎也很難以說服。他們認為既然這樣，與其直接和印堤硬碰硬，還不如逼得控制太陽神的白之團無路可退，讓他們把印堤從現在的地點移走……我覺得這個想法也有道理。畢竟和印堤打過的老資格玩家，應該都切身體認過那玩意兒有多讓人無可奈何。」

「…………」

聽她這麼一說，春雪也無法感情用事地反駁。因為七王會議那時，春雪對於破空而降的印堤，也只能夠拚了命逃走。他拚命按捺自己，先仔細想過再開口：

「……可是，就算對震盪宇宙展開總攻擊，我也怎麼想都不覺得Black Vise那個人會這麼乾脆地挪走印堤。無論震盪宇宙團員的點數被削減多少，他肯定都不會放在心上的。對Vise來說，同個軍團的團員，也只是用來達成目的的棋子。不然……他怎麼會對若宮學姊做出那種事……」

春雪一邊說，一邊回想起在東京中城大樓的四十五樓，被鋼鐵鎖鍊一圈又一圈纏在圓柱上的Orchid Oracle，立刻就聽見右前方傳來小小的呼氣聲。轉頭一看，發現莟掙扎地緊閉嘴唇，凝視桌上的一點。

震盪宇宙的大義。

連Black Vise的許多惡行都能夠正當化的大義，到現在還讓莟左右為難。剛才莟說，等她和Oracle一起離開軍團後，就會把所知的一切都說出來，但從她僵掉的嘴角，就看得出她有著強烈的煩惱，擔心是否真的能夠做到。

春雪想說，現在請她專心考慮自己和若宮學姊就好。然而黑雪公主的右手快了一步動起，發出有點緊繃的聲音：

「說人人到……Raker發了郵件來。說是今天傍晚，要只召集王以外的幹部會談。各軍團最多派出兩人出席，我們則可以由黑暗星雲和日珥各派兩名，所以請我們決定人選……上面是這麼寫的……」

黑雪公主歪了歪頭，春雪對她問起：

「請問，要把王除外……是為什麼呢？只要像平常那樣，用正規對戰討論，學姊你們不是可以參加嗎……」

「應該是在提防又被拉去無限制空間吧。」

回答這個問題的不是黑雪公主，而是菪。她從長長的瀏海下，吞吞吐吐地說了：

「這是已經驗證過的事情，以『範式瓦解』將正規對戰空間轉為無限制空間，上次並未從傳送門正常離線的超頻連線者，就會被傳送到上次留下位置資訊的地點。也就是說，諸王會被移動到印提內部，再度被瞬殺……雖然點數上多半還安全得很，但我想精神上造成的傷害不能忽視。主要不是諸王自己，而是對幹部們造成的影響。」

「傳送……」

春雪喃喃說完，有些自言自語地說了。

「這也就是說……如果前天的領土戰之前，楓子師父像平常那樣，用計時斷線的方式離線，就會只有師父一個人傳送到楓風庵，也就能夠躲過Snow Fairy的『白色結局（Brinicle）』……是這樣嗎？」

「就是這麼回事。她和春雪在去了一趟禁城後正常離線，結果卻適得其反……但這也未必。楓風庵位於『範式瓦解』的有效範圍外，所以如果被傳送到那兒，楓子也就回不到戰場，我們說不定已經落敗了。」

春雪對黑雪公主這番話默默地連連點頭。若不是有Sky Raker的指揮力與戰鬥力，多半沒辦法在那場激戰中克敵致勝。春雪忍不住發抖，右側的千百合也發出感嘆聲。

「傳送啊……愈想愈覺得這招有夠Nothing平衡……」

「妳從剛剛就不時會穿插一些Ash語耶。」

「不會吧，在學校可得小心別用到……不對，現在講的是今天要開的會議啦。既然其他軍團在提防『範式瓦解』，告訴他們已經不用再擔心這件事不就好了？」

對於千百合的提議，萏迅速搖了搖頭。

「我們已經從中城大樓救出小蘭這件事，我目前還想保密。雖然震盪宇宙也遲早會發現，但我希望能拖多久就拖多久。如果可以，最好是保密到我們能夠採取防止小蘭在現實中受到攻擊的具體手段為止。」

「越賀姊也包括在內。」

春雪補上這麼一句，萏也只微微聳了聳肩膀。改由黑雪公主鎮定地說：

「不用擔心，春雪。越賀和惠的安全是最優先事項。等我能在無限制空間行動後，我們立刻就去試著接觸天照。所以呢，今天的幹部會議……既然我們可以出兩個人，就請楓子和你去吧。」

「咦……咦咦！」

春雪忍不住叫出來，然後讓臉與雙手進行交互水平運動。

「這……這怎麼想都不該是我，應該請晶姊或四埜宮學妹上吧！就算我去了，也只能縮在角落當個地藏菩薩！」

「你這模樣我也挺想看看，不過很遺憾的，事情不會變成這樣。畢竟你是印提攻略作戰的最重要人物啊。」

「…………我想，還是看可以把輝明劍借給誰……」

「都這個時候了你還說什麼鬼話！」

被千百合全力在背上又拍了一記，春雪再度發出慘叫。

「痛死啦！」

「剛剛你不是才很帥氣地說『我來』嗎！我告訴你，如果不是小春你上，我就不幫忙補血了喔。」

「哪……哪有這樣的……」

菅看著春雪的眉毛下垂成八字形，露出了今天已經不知道第幾次的苦笑。

「Crow，出席會議比跟印提打更讓你害怕？」

「也……也不是這麼說啦……可是，其他軍團一定會派來鈷錳姊妹或是Aster這種很嚇人的人來參加吧……」

「她們剛升上4級的時候，也是看到小獸級(Lesser)Being就嚇得尖叫呢，不怕不怕。」

「看……看在越賀姊眼裡也許是這樣沒錯啦……」

Rose Milady是「最初百人（Originator）」之一的Suffron Blossom所收的「下輩」，多半擁有比黑雪公主還長的加速經驗，乃是最老資格也最強水準的超頻連線者。看在她眼裡，也許就連Cobalt、Mangan姊妹與Aster Vine都很嫩，但要去年秋天才當上超頻連線者的春雪同意，就讓他實在難以點頭。

只是話說回來——

會議上，應該多少會提到具體的印堤攻略法。由於會議時間只有三十分鐘，想來未必能討論到叫出Silver Crow的名字這一步，但要讓別人在自己不在的地方討論具體的作戰計畫，說起來也令人不放心。雖說變成地藏菩薩已經是無可避免，但他也會想當場聽著會議進行。

「……我……我明白了……承蒙王指名，我就拜領這任務。」

春雪用左手包住右拳，拱在身前一鞠躬，黑雪公主就配合演出似的說了句：「唔，准了。」千百合大聲拍手，荅沒轍地搖了搖頭。

三人幫忙收拾之後才離開。雖然覺得千百合的表情像是在打什麼鬼主意，但現在他滿腦子都是五點要開的會議，沒辦法去想別的事情。

他嘆了一口氣，然後看向視野右下方。現在時刻是下午三點五十分。盛夏的太陽還很明亮，但灑落在客廳地板上的陽光，已經開始帶著淡淡的金色。

荅說住在港區南青山三丁目的一棟住宅大樓，於是由黑雪公主搭計程車送她回去。春雪提議說自己也一起去，但被回絕說：「你要好好休息，準備五點的會議。」

本以為會議會一如往常，在千代田戰區舉辦——但這次似乎要改在西邊鄰近的新宿第一戰區。從春雪家所在的杉並第一戰區過去要近了一些，所以他沒有異議，但為何其他軍團會同意在屬於獅子座流星雨領土的新宿戰區舉辦，理由目前還不清楚。

楓子說在會議開始的三十分鐘前會開車來接春雪，所以他還有四十分鐘的時間可用。要繼續做功課會太短，但單純坐著等又太長。正當他低頭看著自己的手，心想該如何是好——

……你還差得遠啊，Silver Crow。

這麼一句話在腦海中復甦，讓春雪眨了眨眼。

是他在六小時前，和Milady一起闖進的東京中城大樓裡聽見的那句話。就在他即將揮劍砍上神獸級公敵「英靈戰士（Einherjar）」這個超強敵的鎧甲那一瞬間——而春雪在這之前，也曾好幾次聽見這個來歷不明的超頻連線者對他說話。

不，此人的真面目，他已經多少知道。因為說話的人自己報上了「Centaurea Sentry」這個名字，還說自己就是第三代Chrome Disaster。

春雪在Centaurea Sentry的指導下，成功地砍穿了英靈戰士的鎧甲。對此他大大感謝，但Sentry在即將消失前，留下了一句奇妙的話。

……你可是被譽為加速世界最強劍法，旁門左道的極致「Omega流無遺劍」的唯一繼承人啊。

「不不不……我可不記得自己幾時當上了這種可疑劍法的傳人啊……」

春雪一邊自言自語，一邊用短褲擦了擦右手。

然而，手掌上復甦的感覺遲遲不消退。他以輝明劍直線斬斷英靈戰士鎧甲的時候，那種直衝腦門的一擊必殺感。和徒手格鬥中打出紮實的一擊時那種痛快的衝擊感又不一樣。那種自己和劍融為一體似的感覺——

他又看了看時鐘。三點五十五分。

春雪深深呼出一口氣之後，急忙回到自己房間，換上了卡其褲與短袖襯衫。先在右邊口袋裡放了毛巾布料的手帕，左邊口袋放了濕紙巾，做好外出的準備之後再回到廚房。他坐到沙發上，用有線方式把神經連結裝置連上家用伺服器，將定時斷線機制設定在二十分鐘後。然後他閉上眼睛，放鬆身體，小聲唸誦：

「無限超頻（Unlimited Burst）。」

啪！的一聲加速聲響，從後方追過春雪，讓他的靈魂從肉體飛翔而出。

3

今天第二次來到的無限制中立空間，被許多有如土耳其卡帕多奇亞遺跡似的巨大石窟所覆蓋。

住家大樓也化為褐色的岩山，春雪就站在挖向內部的洞穴出口。這裡的高度相當於二十三樓，所以能夠將有著無數石窟遺跡林立的高圓寺車站周邊盡收眼底。外觀和荒野空間及風化空間很相似，但從洞穴角落積著大量的沙子看來，這應該是——

「……『沙塵』空間嗎……」

他喃喃說完，將視線轉朝向淡藍色的天空。

沙塵空間屬於自然系風屬性的中階屬性，雖然沒有棘手的機關或陷阱，但偶爾會吹起強烈的沙塵暴。要是在未經防範的狀態下被這風吞沒，裝甲與體力都會受到劇烈削減，就這麼死去也不稀奇。現在天空十分晴朗，但地平線已經開始呈現一片灰色，所以短短三十秒左右，就會有風暴襲來，不能大意。

但話說回來，他之所以花了10點的點數來到無限制中立空間，並不是為了獵公敵。

春雪移動到寬廣的石窟正中央，朝四周掃視一圈，清了清嗓子後，開口呼喚：

「不好意思……Sentry兄。」

沒有人回答。他本來就不認為有這麼容易和對方見面，所以拉高音量繼續呼喚：

「Sentry兄……不好意思，我有事情想找你商量……Sentry兄……Sentry兄……」

昏暗的石窟裡，只聽見春雪的聲音迴盪。他側耳傾聽了好一會兒，但就是聽不見那很有特色的老人語調回答。

冷靜想想就知道當然不會有人回答。因為如果Centaurea Sentry所言不虛，他的確就是第三代Chrome Disaster，那麼他在很久以前，就已經被藍之王Blue Knight討伐，離開了加速世界。

然而這一個月來，BRAIN BURST當中的「死」已經漸漸變得含糊，也是千真萬確。當超頻連線者失去所有超頻點數，裝置中的ＢＢ程式就會被強制反安裝，與BRAIN BURST有關的所有記憶也會被剝奪。這是無可動搖的事實；然而相對的，加速世界中卻會留下可說是超頻連線者亡靈的存在。BRAIN BURST中央伺服器，別名「主視覺化引擎」的內部，存在著思考加速用的量子回路。

想得深入就會覺得害怕，所以他先前一直不去多想，但據說像這樣變成對戰虛擬角色時，春雪就不是用自己的腦在思考。留在現實世界當中的身體，腦波會極端徐波化——也就是大腦的時脈會降低到極限，幾乎陷入昏睡狀態。

這大概是大多數超頻連線者都不知道的事。春雪第一次加速時，黑雪公主給他的說明是，BB程式會對心臟發出的量子訊號超頻，將大腦的處理速度提升到一千倍。這是存在已久的定論，相信至今仍有許多超頻連線者如此相信。使用「物理超頻（Physical Burst）」指令時，也許實際上就發生了這樣的現象。

但使用一般的「超頻連線」指令時則是完全相反，肉身的腦不是加速，而是減速。春雪等人會改用存在於主視覺化引擎內部的專用量子回路來思考。像這樣去看、去感覺加速世界，說話或打鬥的，全都是這種回路——由被複製的靈魂來進行。而在加速結束的瞬間，就會與真正的腦進行「記憶的同步」。

這也是他從越賀蒼口中聽來的假設，所以也許另有別的真相。然而如果她所言不虛，對於Black Vise那種神祕的減速能力，也就能夠做出一定程度的解釋。比起「將加速的生體腦再度減速」這種胡來的操作，干涉量子回路時脈的操作，還比較有可行性。

而這量子回路的假說，要點就在於即使一個超頻連線者點數全失而退場，此人的「靈魂複製品」仍然會繼續留在主視覺化引擎中。黑雪公主似乎也就曾經在東京中城大樓，實際遭遇到上一代紅之王Red Rider的鬼魂；而春雪也曾經在白之團的大本營，和Dusk Taker的鬼魂打過。

既然如此，幾年前就點數全失的Centaurea Sentry的鬼魂應該也還留著。

「Sentry兄……」

春雪再度呼喊，然後低頭思索。

過去每次聽見Centaurea Sentry說話，都是在戰鬥當中……而且都是在這一擊就會定生死的極限狀態之中。這是否也就表示，Sentry只有在那樣的狀態下才會來和春雪接觸？不，他稱自己為「師範」，稱春雪為「繼承人」。如果他真的這麼想，應該就不會故意吊人胃口。聽不見他說話的理由，肯定不是在Sentry，而是在春雪身上。

極限狀態。

和Sentry對話的時候，時間總是靜止的。不，如果真的靜止，就根本沒有辦法說話。說得正確一點，是知覺的超加速。加速中的再加速，就好像轉移到Highest Level時那樣——

「啊……」

他小聲驚呼。

不是好像，實際上就是這樣吧？在極限狀態下加速到極限的意識，會有那麼一瞬間接近Highest Level，讓他可以和Sentry交流……？

若是如此，就表示要和Sentry說話，就得去到Highest Level。然而春雪只靠自己無法轉移過去。他必須叫出大天使梅丹佐，請她帶自己去才行。然而她正在位於東京鐵塔遺址頂部的楓風庵沉睡，修復在與震盪宇宙的激戰中耗損的身體。在她完全修復好之前，絕對不能去打擾她。

「只靠我……去到Highest Level……」

光是說出來，就想連連搖頭說辦不到。Rose Milady不也說過嗎？說能夠不靠Being自行轉移過去的，就只有Snow Fairy。

但這也就表示並非絕對不可能辦到。Snow Fairy是在七矮星位居第二的8級玩家（Eighter），實力遠非春雪所能望其項背，但在BB系統上都一樣是超頻連線者。她辦得到的事，春雪有朝一日應該也能辦到。就看是五年後，一年後，半年後——又或者，就是現在。

「著裝，輝明劍。」

春雪唸出指令後，一道白色光束貫穿石窟洞頂，在他的左腰實體化為一把白銀的長劍。這造型單純卻優美的劍，就是春雪的新搭檔。

他右手握住劍柄，慢慢拔出。

劍身反射從石窟入口照進來的光，像鏡子似的閃亮。反射光當中，包含了以前沒有的淡淡紅光。這證明了流浪鐵匠史密斯先生為這把刀施加了高熱傷害無效的強化。

他雙手握住略長的柄，舉在中規中矩的中段。

坦白說，他根本想不出任何可以自行轉移到Highest Level的方法。現在的春雪能做的，就只有重現聽見Centaurea Sentry說話時的狀況。

他想像眼前有著一顆巨大的鋼球。直徑有一……不對，兩公尺。這顆有著灰鐵色光芒的鋼球，比Silver Crow的身高還高，陷在粗糙的岩石地上。半徑一公尺的球，體積約為四．二立方公尺，鐵的比重記得是每立方公尺約七・八五公噸，所以照算下來大約是三十三公噸。如果真的放了一顆這麼重的鋼球，大樓地板應該會直接被壓迫，讓鋼球一路掉到地面吧——無論在加速世界還是現實世界。

就因為不小心想到這樣的念頭，讓想像力差點變得薄弱，春雪趕緊對地板也想像用了厚實的鋼板與鋼骨來補強。鋼球再度恢復了逼真的質感。表面留有研磨的痕跡，四處有著淡淡的紅鏽，甚至感受到微微飄散出一股鐵鏽味的瞬間，他高高舉起輝明劍，朝鋼球下劈。

雖然並未發生火花與金屬碰撞聲，但銀色的劍刃碰上灰鐵色的曲面那一瞬間，春雪的雙手自行停住。虛擬的衝擊讓他手掌發麻，差點讓劍脫手。

他退開一步，重新舉好劍，凝視鋼球。劍刃砍上的地方，砍出了毛髮細的傷痕，但輝明劍薄薄的刀刃多半也微微變鈍了。這樣下去，不管砍幾次都砍不開鋼球。他必須實踐Sentry的教誨——「將極大施加在極微上」。

所謂極微，就是最小的一點，極大則是全力的斬擊。只要焦點稍有偏差，又或者手臂微微一縮，Sentry的劍術「Omega流無遺劍」的理路就會失去作用。

他調整呼吸，再度揮劍。劍在劇烈的衝擊中反彈回來。再一次。再一次。無論揮出幾次斬擊，鋼球都文風不動，繼續存在。

輝明（Lucis）的語源是拉丁語的「光」，這把劍有著專有名符其實的專有能力，能夠耗用劍上設定的衝擊能量計量表，將劍身變換為雷射劍。只要動用這種能力，也許就可以熔斷鋼球，但這樣沒有意義。他必須和打倒英靈戰士時一樣，以Omega流的真髓來斬斷鋼球。

春雪連自己為什麼開始做起這種事情都拋諸腦後，一心一意地持續揮劍。不知不覺間，時間感覺消失，整個世界只剩下鋼球、愛劍與自己存在。過了一會兒，石窟外的天色變暗，沙塵暴襲來，但就連撼動岩山的巨響，也未能打破春雪的專注。

沙塵暴停歇，太陽西沉，夜晚來臨。遠方傳來大型公敵遠雷般的吼叫，許多中型公敵出聲應和。第二次的沙塵暴是從新宿方面湧來，往阿佐谷方面離去。

當這以十秒一次的頻率反覆進行的斬擊，超過一千次、三千次，五千次時。

濺出火花而彈回的輝明劍，發出霹的一聲清響，小小缺了一角。

不可能發生的事情發生了——因為這直徑兩公尺的鋼球，是只存在於想像中的物件——但春雪並未留意到這件事，心想這就是最後一劍，舉起了愛劍。

一心一意砍個不停的位置上，累積了數千道小小的痕跡，只有這兒反射出銀色的光芒。然而整個鋼球可說完好無缺。彷彿在誇示它三十三公噸的質量，傲然屹立在春雪面前。

春雪忽然間發現了一件事。

先前他一直將意識朝向整顆巨大的鋼球來揮劍。因為各式各樣漫畫或小說中出現的劍術高手，全都說要看得更寬廣，要看著全局。在BRAIN BURST的實戰中，這個教誨多半也是對的。

若不隨時看著對方全身，乃至於整個空間，就無法因應瞬息萬變的狀況。

然而，說不定……Omega的奧義並非如此。

不求寬廣，而是求狹小。不看全體，只看一個點。將意識的焦點縮得小還要更小，不斷凝縮。

管他鋼球直徑是兩公尺還是十公尺，甚至一百公尺，都不重要。該斬的，就只有刀身的直線與鋼球曲面衝突的極小一個點……存在於其中的鐵原子與鐵原子之間那〇．一奈米的縫隙。

小……更小……還要再小。

一陣耳鳴般的超高頻音響起。輝明劍的劍身開始發出銀色的光。

一個點。

揮劍。時間的流動漸漸變慢。劍慢慢地，慢慢地前進，接近鋼球，接近，再接近——

啪——————！

加速聲。

不知不覺間，春雪已經站在沒有地板也沒有天花板的無限虛空中。

鋼球也已經消失。他放下雙手握住的劍，四處張望。附近空無一物，但遙遠的下方有如銀河般聚集了無數光點，靜靜閃爍。

「……Highest Level……？」

他喃喃自語，但沒有人回答。他將愛劍收進左腰的鞘中，看看自己的雙手。這雙以極小的像素繪製而成，呈半透明狀的手，不是血肉之軀，而是Silver Crow的手。

狀況和他先前來過幾次的Highest Level一模一樣，但他一時間不敢置信。春雪用定時斷線裝置設定二十分鐘後離線，在無限制中立空間約為兩週。他本以為即使能夠實現自力轉移，也不是花個三天或一週就辦得到的，真沒想到這麼快……想到這裡，他才納悶起自己到底揮了幾小時的劍。

不管怎麼說，能夠不藉助大天使梅丹佐的力量就移動到Highest Level，看來已是事實。而且沒有人能保證第二次也會成功。既然如此，他就不能錯過這個機會。

「請問……Centaurea Sentry兄～……」

春雪發出的聲音，被吸進無涯的黑暗中，沒有回音，就此消失。

「叫我嗎？」

「喔哇啊啊啊！」

突然聽到背後有人應聲，讓春雪慘叫著轉身後跳。他一跤坐倒，就這麼仰望正前方。

站在那兒的，是個身材高挑，全身上下都被鎧甲覆蓋住的騎士型虛擬角色。

說是騎士，但和Blue Knight的威武與Platinum Cavalier的優美又不一樣。偏薄的鎧甲緊密貼合虛擬人體，幾乎沒有任何多餘的裝飾，所以造型的走向與Silver Crow很相似。臉孔被附有菱形護目鏡的頭盔完全遮住，腦後有著比Sky Raker還長的頭髮，幾乎垂到腳邊。

裝甲色看不出來。因為在Highest level，虛擬角色都被描繪成微小光點的集合體。但相對的，卻也看出了一件事。鎧甲的胸部，有著平滑的曲線隆起。所以如果這位騎士就是Centaurea Sentry，那就不是「他」，而是「她」。

「……請……請問……是Centaurea Sentry姊……嗎？」

春雪癱坐在隱形地面上問起，騎士就微微聳了聳肩膀。一頭直長髮輕搖，光點無聲無息地流動。

「不是你小子叫我的嗎？為何嚇成這樣？」

中性的沙啞嗓音，無疑就是先前數次引導春雪的聲音。春雪盯著這嬌小的虛擬角色直看，吞吞吐吐地回答：

「沒……沒有啦，這個，我沒想到真的可以見到……」

「你沒有把握，還揮劍揮了那麼長的時間？」

Sentry拿他沒轍似的搖搖頭，朝春雪伸出右手。春雪猶豫了一會兒後，戰戰兢兢地握住她的手，被她一把拉起。

面對面站著一看，就發現Centaurea Sentry的身高比Silver Crow高了五公分左右。佩在左腰的細劍鞘，也比輝明劍要長了些。

「謝……謝謝妳……」

春雪點頭致謝，就要抽回右手，但Sentry不放開他的手。她將春雪的手舉到面前，默默打量了好一會兒，才終於放開。

「唔，以曾是格鬥類型來說，你的手還算挺適合使劍。」

他知道這是泛指各種劍術，但搞不懂她說這句話的意思，於是戰戰兢兢地問起：

「請問……虛擬角色的手也有適不適合劍術的差別？」

「當然有吧？肌肉格鬥型基本上手指都太粗，不好握劍，其中甚至有人的手是這種魔術小手。」

看到Sentry用右手比出一個C字形鉗子狀開閉，春雪才總算弄懂。

「啊……啊啊……原來如此……」

「畢竟劍客的劍脫手，可就沒戲唱了啊……這個點可意外的重要。雖然你的『上輩』例外，那樣劍根本不可能掉。」

Sentry說著呵呵笑了幾聲，讓春雪想問她是否和黑之王打過，但無論贏的是哪一方，都覺得不便評論，所以還是不問了。

春雪看著自己這雙以格鬥型而言確實偏瘦的手看了好一會兒後，拉起了視線。

今天從醫院回家時，他就在公車上搜尋過，「Centaurea」的色名，和中部國際機場（註：位於愛知縣的中部國際機場CentrAir，日文拼音與Centaurea相同）沒有任何關連，而是矢車菊的學名。「Sentry」則是衛兵的意思，所以直譯就是「矢車菊的衛兵」。

順便查了一下矢車菊，發現以前春雪記的矢車草這個名稱，指的是一種有著藍色花朵呈車輪狀開花的植物，正式名稱是矢車菊；而矢車草卻是虎耳草科的白色花朵，兩者完全不同。矢車菊在英文叫作Cornflower，那美麗的藍色就曾被用來比喻最高級藍寶石的色調。如果在無限制中立空間或正規對戰空間(Low Level)劍到，相信Sentry的裝甲肯定會有著美麗的光澤，但很遺憾的，這件事不會實現——大概。

春雪想著這樣的念頭，默默杵在原地不動，Sentry就再度聳了聳肩膀。

「Silver Crow，你不是有話想跟我說，才特地來到這裡嗎？例如要我別再纏著你，趕快成佛？」

「啊，是……不……不是不是，我是有話想跟妳說沒錯，但我一點都沒有想要妳成佛啊！」

春雪急忙否定，但他想問的事太多，腦子裡的念頭整理不清楚。而且更根本的問題是，他覺得腦袋昏昏沉沉，無法專注在眼前的狀況。

「對……對不起，我有很多話想跟妳說，可是總覺得腦袋整理不清楚……」

「我想也是啊。」

「咦……？」

「小子，你記得自己在Mean Level空揮揮了幾小時嗎？」

被她這麼一問，春雪歪了歪頭。

「呃……我想大概兩小時或三小時吧……」

「傻子。」

Sentry伸出右手，用食指在春雪的額頭上輕輕一彈。在Highest Level理應沒有命中判定，但就和他被梅丹佐彈額頭的時候一樣，讓他產生錯覺，覺得受到啪一聲尖銳的衝擊。

「好痛！」

「我也是從途中才開始看，不過顯然遠超過十小時啊。就只為了轉移到Highest Level，就不眠不休地揮劍揮那麼久，你挺瘋癲的啊。」

「……瘋……瘋癲……」

為了見到這位自稱師範的人而努力，卻被說成這樣，讓春雪正要垂頭喪氣，Sentry的手指就挑起了他的下巴。

「不要沮喪，這是在誇你。Omega流的門徒，就是要有點瘋癲的傢伙才當得了。」

「門……門徒？妳這麼說是表示……除了我以外，還有過幾個徒弟……？」

「我上次不是說過你是唯一的繼承人嗎？除你以外沒有別人。」

「…………是……是這樣嗎？」

春雪心想，這是否也就表示除了他以外，都沒找到讓Sentry看得上的超頻連線者，但還是不追問下去。不管怎麼說，腦袋會昏昏沉沉的理由，似乎是因為進行了長達十幾小時的想像訓練……想到這裡，他忽然發現一件事。

「……咦，奇怪？」

「又怎麼了？」

「請問……現在的我，不是用血肉之軀的大腦，是用主視覺化引擎裡面的量子回路在思考對吧？雖然想來有點怕，但這也就是說，我就像是一種電子複製人，總覺得不管練十小時還是一百小時，照理說都不可能會有腦袋累了這種事情……」

「有點怕，是吧？你果然瘋癲得很恰當。」

Sentry短短地笑了笑，將苗條的手臂抱在胸前。

「我也不清楚這部分的運作邏輯……而且啊，現在這個我，就像是曾經點數全失的Centaurea Sentry留下的殘留思念。自己是以什麼樣的運作邏輯存在，這問題我不太想深入思考，但我還是在回答得了的範圍內回答你吧。Crow，你用了量子回路這個莫測高深的字眼，但你知道具體來說這指的是什麼嗎？」

「咦……」

春雪忍不住右手痙攣似的一動，但在這個世界裡沒辦法用網路搜尋。他只能蒐集自己腦中片斷的知識，勉強回答說：

「就……就是，量子電腦的回路……是吧？用很多量子閘組成……」

「嗯，畢竟用人造鑽石晶片來建構的自旋電子型量子回路，就是現代量子電腦的主流。只是話說回來，我的知識還停留在點數全失的時候就是了……可是，BRAIN BURST中央伺服器不一樣，裡頭用的是經過研究開發，但在二〇二〇年代尾聲就銷聲匿跡的光量子回路。」

「光……量子？」

春雪正心想電子和光子不是都大同小異嗎……Sentry就彷彿看穿了他的心思，不改雙手抱胸的姿勢，第三次聳了聳肩膀。

「畢竟我也不是專家啊，沒辦法詳細解釋。可是……這光量子回路，似乎能夠做到自旋電子回路做不到的事情。」

「是什麼事情呢……？」

「對人類的意識，也就是靈魂，進行複製與儲存。」

「…………」

春雪陷入一種話題突然從科學跳到神祕學的感覺，虛擬人體的嘴在護目鏡下開開閉閉。

「這……靈……靈魂……」

「你聽來多半覺得可疑，但你仔細想想。現在的你可不是別人，就是從Silver Crow複製過來的靈魂，不是嗎？」

「…………」

聽她這麼一說，就覺得的確沒錯。春雪剛才用到的電子複製人這個字眼，和靈魂複製品，含意應該是幾乎相同的。

「……也……也就是說，BB程式用神經連結裝置，從我腦中複製出靈魂，儲存在主視覺化引擎的光量子回路當中……是這樣嗎？」

「唔嗯。你安裝的那一晚，不就作了夢嗎？」

「是……是的。雖然內容我已經忘記了，但是非常差的惡夢……」

「我也作了惡夢。大家都說那個惡夢，是為了創造對戰虛擬角色而進行的掃描程序，然而……那個時候，多半就是花了一整晚在複製靈魂吧。而這件事的關鍵，就是血肉之軀的大腦當中的靈魂，和光量子回路當中的靈魂，原理上是一樣的。因此現在的你也一樣，如果長時間進行負擔很重的運算，同樣會對回路造成過度的負荷，也就會昏昏沉沉……我的理解是這樣。」

「對回路，造成負荷……這可以治好嗎……？」

春雪忍不住摸著自己的頭這麼問起，Sentry就以和先前不同的聲調回答：

「應該會好吧，只要是正常的負荷。可是，也有修復不了的錯誤。」

「咦……？」

「心念所製造出來的黑暗……不，這件事現在就不提了。我不想讓你先入為主。」

「咦……咦咦……我會好奇啦……」

「你來這Highest Level，為的也不是討論量子回路吧？」

聽她這麼一問，春雪也只能點頭。

「啊……是……是的，我都忘了……」

春雪下意識地握緊雙手，抬頭看著Sentry那造型銳利的護目鏡。

「這個，我，想練劍……想修習Omega流。雖然覺得名字有點那個，但我忘不了砍破英靈戰士鎧甲時，那種勢如破竹的感覺……」

「呵呵呵，會上癮吧？」

聽她自豪地問起，就覺得不太想承認，但現在才要扯開話題也不是辦法。

「是，相當……」

「我第一次用術理斬斷鋼鐵的時候，也是下定了決心，在完全掌握之前都不回現實世界。」

Sentry這麼說完，將隔著護目鏡投出的視線，從春雪身上轉移到星座的汪洋。她對以無數光點描繪出來的東京都都心光景一瞬間看得出神，但隨即抬起頭來。

「……我也很樂意教你。畢竟只是砍個英靈戰士的鎧甲都那麼費力，實在還差得遠嘍。」

「只……只不過……那可是神獸級……而且還是第一次碰到……」

Sentry完全不理春雪的牢騷，繼續說道：

「可是，在這Highest Level，無法將我精心創製出來的術理毫不保留地傳授給你。因為這裡沒有一絲一毫可以斬的東西啊……頂多只能用言語，把劍技的要旨說給你聽。」

「這個，其實這樣我也無所謂……只要妳願意把Omega流的訣竅之類的事情，用言語東教一點西教一些……」

「蠢材！」

Sentry再度以快得看不清楚的速度抬起右手，在春雪額頭上一彈。

「好痛！」

「杵在原地聽幾句話，睡個一晚就會忘得乾乾淨淨。只有一心一意地積累受苦受難的修練與磨耗靈魂的實戰，才能學到真正的劍術。」

「話……話是這麼說沒錯啦，可是我也只有在這裡才見得到妳……而且我也不知道下次要等到什麼時候，才能再來到Highest Level……」

「唔……」

看來這次就連Sentry也無法反駁，只見她雙手抱胸，開始踱步成圈。她從春雪眼前走過一次、兩次、三次，到第四次停下了腳步。

「──看來這就是說時機已到了啊。沒辦法。」

她這麼說完，春雪注視著騎士那有九成以上都被護目鏡遮住的臉。

「妳……妳願意告訴我嗎？」

「可以。但是，要告訴你的不是Omega流的術理。」

「咦……不然是什麼？」

「是名字。」

接著Centaurea Sentry告訴春雪一個他意想不到的人物名字，以及見到這個人後該做什麼事。

「以後不要叫我『Sentry姊』，要叫我『師範』。」

最後還補上這麼一句話。

春雪從Highest Level回到無限制中立空間，再從高圓寺車站傳送門回歸到現實世界後，在已經坐著的沙發上把身體埋得更深。結果他只加速了十四小時左右，所以在現實世界中連一分鐘都還不到，但這段時間裡他一直朝著想像出來的鋼球揮劍，所以感受到沉重的疲勞。

但仔細想想，就覺得很奇怪。根據Sentry的說明，長時間的修習負荷，是主視覺化引擎內的光量子回路在承受，春雪血肉之軀的腦袋應該處於徐波狀態，幾乎靜止。即使超頻登出後，兩者的記憶會同步，但連疲勞都帶過來就說不通了。

也就是說，這疲勞是錯覺。

春雪這麼告訴自己，鞭策身體從沙發上站起。

離楓子來接他，還有三十分鐘以上。應該是解得了兩三題數學作業，但實在不覺得打開APP就能立刻專心起來。因為Centaurea Sentry的指示，不，應該說是命令，有著駭人聽聞的內容與驚人的難度。

「……辦不到，怎麼想都辦不到啦……」

他看著窗外灰色的街景這麼低呼，但當然沒有人回答。

「唉…………」

他深深嘆一口氣。雖然這已經不是覺得負擔重這麼簡單，但很遺憾的，他沒有放棄不做的選擇。因為為了打倒太陽神印提——進而在與白之團的決戰中獲勝，學會Omega流是不可或缺的條件。

「我做就是了，都到這一步了。」

春雪朝著Highest Level的「師範」喃喃說出這句話，然後走向玄關，準備在一樓的購物商場消磨時間。

4

會議裡一團亂。

會亂也是當然的，畢竟出席者一個個都是強勢又古怪的人物。

藍之團（獅子座流星雨）派出Cobalt Blade與Mangan Blade。

綠之團（長城）派出Iron Pound與Suntan Chafer。

紫之團（極光環帶）派出Aster Vine與Mauve Wire。

黃之團（ＣＣＣ）只派出Lemon Pierrette一人。

紅之團（日珥）派出Blood Leopard與Thistle Porcupine。

而黑之團（黑暗星雲）派出Sky Raker與Silver Crow——

已經合併的紅與黑沒有理由衝突，黃之團的代表讓人搞不清楚她在想什麼，問題在於其他三團。Mauve Wire這個藤花色的對戰虛擬角色，春雪是第一次見到，此外的五人都是在先前的會議上互相有過許多唇槍舌劍的強者，負責踩煞車的諸王一個都不在。

會議地點選在新宿第一戰區偏東南的防衛省（註：相當於國防部）閱兵廣場。春雪在鋪有白地磚的寬廣空間角落，找了躲在Sky Raker身後的位置，對「師父」悄聲說：

「請問……三十分鐘談得出結論嗎……？」

視野上方的倒數計時，已經剩下不到一千兩百秒。對戰時間已經用掉三分之一，實質上等於並未確定任何事項。

理由主要是綠之團堅持優先攻略印堤，藍之團堅持先討伐震盪宇宙，兩者都對自己的主張不讓步。

「──Pound，你這傢伙實在天真啊！我們去對付印堤，正是中了震盪宇宙的奸計，你為什麼就是不懂！」

Cobalt Blade這麼指責。

「Cobalt，我就是懂才說的！如果印堤是他們設下的圈套，那我們更不應該避開，而是要毀了這圈套，才能掌握主導權，不是嗎！」

Iron Pound這麼吼了回去。

這樣的對話已經是第三次了。由於雙方的說詞都各有道理，其他軍團也不方便插嘴。

「……我愈想愈覺得剩下二十分鐘實在談不完了呢……」

Raker以悠哉的聲調悄悄這麼回答，春雪就細聲嘆了一口長氣。

主張直接進攻震盪宇宙的Cobalt與Mangan，也並非一開始就放棄攻略印堤。她們也認同只要匯集各大軍團的所有戰力，確實有可能打倒印堤，但仍然擔憂震盪宇宙——不，應該說是擔心加速研究社還設有更進一步的圈套。

的確，這可能性絕對不低。昨晚的七王會議上，Black Vise就安排了壓過在場所有人戰鬥力與洞察力的多重圈套。以「範式瓦解」將場地化為無限制中立空間，Argo Array的超火力雷射砲砲擊，與災禍之鎧MarkⅡ融合的Wolfram Cerberus、Vise捨身的心念「二十面絕界（Icosahedral Insulation）」，以及從天而降的太陽神印堤。而且若不是黑暗星雲證明了七矮星中名列第四的Ivory Tower就是加速研究社的Black Vise，這些圈套應該全都會白費工夫。

這樣看來，任誰也無法斷定印堤就是最後一個圈套。當所有軍團的主力為了解放五王而全部聚集在一起時，又發生新的「狀況」，把所有人都拖進無限EK這種最壞的情形，也是有可能發生的。

該避免犯下跳進未知圈套的愚昧，進攻震盪宇宙本體？

還是應該以不入虎穴焉得虎子的精神，去討伐印堤——

也許能夠讓這膠著的論戰有所改變的成分，就是黑暗星雲所擁有的，春雪這把施加了「高熱傷害無效」強化的輝明劍。然而，難得施加了這種稀有的強化，卻沒有人能夠保證這種強化連未知的圈套都能夠對抗。楓子會在會議前吩咐春雪，說在她打出暗號之前，都不要提起輝明劍，理由多半就是為此。

但是，那楓子為什麼打算眼睜睜看著會議時間用完呢……就在春雪這麼想的時候。

Sky Raker讓銀輪的輪椅前進了輪子轉動一圈的距離，發出了扣除會議開頭的招呼以外的第一次發言：

「Cobalt，我可以說幾句話嗎？」

「……Raker，妳要說什麼？」

「你們主張應該攻擊震盪宇宙，但實際上，這也沒那麼簡單。畢竟他們的團員多半也會儘可能關掉全球網路連線，而且現在是暑假，經由學校校內網路挑戰的手段也不能用。這個部分你們打算怎麼處理？」

聽楓子問起，Cobalt與Mangan一瞬間對看一眼，但並未立刻回答。

春雪五天前，在現實中見過Cobalt裡面的人高野內琴，以及Mangan裡面的人，琴的雙胞胎妹妹高野內雪，覺得她們雖是敵對軍團的幹部，人卻很好。事實上，她們兩人也答應擔任觀察員，查看黑暗星雲剛與震盪宇宙打完領土戰爭後的對戰名單。結果名單上並未出現加速研究社的成員，但她們將這件事告知春雪後，琴甚至還加上了一句：「我也真的很遺憾，可是應該還有方法。期待黑暗星雲繼續努力。」

這樣的兩個人，被他修習心念的師父楓子逼問，這情形讓他心痛。即使楓子不問，應該也遲早會有別人問出這個問題，但春雪不知不覺地絞盡腦汁，想替Cobalt想出些主意。

要在BRAIN BURST對別人挑戰——也就是提出對戰要求，需要雙方的神經網路連接在同一個網路內，又或者是以XSB傳輸線直連。直連是不用說，只要對方關掉全球網路連線，就非得經由其他低階網路不可。

最先想到的，就是幾乎所有學校都會規定學生必須連上的校內區域網路，但現在是暑假期間，所以這招沒辦法用。即使看準返校日，一般也要等到八月十日左右。既是如此，也就只剩一些商業設施或活動會場，但若要地毯式地去檢查這些區域網路上的對戰名單，反而進攻方會消耗太多超頻點數。

當然了，要永遠不上全球網路是很困難的。這會導致神經連結裝置的功能有半數以上癱瘓，所以震盪宇宙的團員遲早也會像想在水面呼吸的魚一樣，開始連上全球網路，就不知道是得等到一個月後，兩個月後，還是……

就在春雪想到這裡時。

「方法……是有的。」

Mangan Blade甩動馬尾型的裝飾零件這麼說。楓子默默一歪頭，要求她詳細解釋。

「即使震盪宇宙的所有團員，都有著常態不連上全球網路的精神力，應該也沒有辦法丟下王不管。只要不斷攻擊White Cosmos，耗損她的點數，相信包括七矮星在內的團員，遲早也會出現在對戰名單上。」

聽Mangan Blade說到這裡，所有與會者都低聲交頭接耳。

接著出聲的，是紫之團的Aster Vine。她高高昂起軍帽型的頭盔，發出鞭子般有張力的嗓音。

「攻擊Cosmos……這才是難題吧？這幾年來，白之王可沒出現在戰場上過啊……不管是正規對戰，還是領土戰爭。妳是打算怎麼把她拖到對戰名單上？」

「不需要拖。」

Mangan Blade這麼回答完，Cobalt Blade接過話頭說明：

「我們今天前往港區第三戰區查看過了。對戰名單上，並沒有震盪宇宙的團員，卻有著軍團長……White Cosmos的名字。『剎那的永恆』不打算切斷全球網路連線。」

閱兵廣場上再度充滿了低聲的交頭接耳。Iron Pound低聲驚呼說：「真的假的……」Thistle Porcupine咒罵說：「完全把人給看扁了。」，Aster Vine用靴子的腳跟朝地磚一踹，這時以強而有力的動作上前的則是Blood Leopard。

「既然如此，那才正是圈套。」

她先毫不遲疑地斷定，然後以豹頭雙眼正視Cobalt與Mangan，問說：

「妳們兩個，跟白之王打過了？」

結果「雙劍（Dualis）」不約而同地簡短搖了搖頭。

「不……的確是太可疑，讓我們不敢貿然挑戰。」

Cobalt這麼一說，Mangan立刻接著說道：

「可是，即使真是圈套，在正規對戰裡能做的事情應該是有限的，頂多也只是打輸而減少點數。白之王也是人，只要有很多人不停找她挑戰，相信她遲早會累得打不下去。」

「我看在這之前，就真的會從對戰名單上消失了吧。」

對Pound的這句發言回答說「不對」的，是Sky Raker。

「不管被挑戰多少次，白之王應該都不會切斷全球網路連線吧。既然現在對戰名單上有她的名字，那肯定就是對諸王……尤其是對黑之王挑釁。Lotus從三年前的八月，足足兩年都切斷了全球網路連線，躲避諸王派去的刺客。這樣的選擇是理所當然，但白之王就是在宣告說，她不需要這麼做。她在宣示自己不逃也不躲，歡迎諸王直接找她挑戰。」

這番話一說完，Aster Vine就以尖銳的聲調呼喊：

「妳說要諸王直接去挑戰……？怎麼可能！要知道一旦9級玩家之間直接對戰，輸的一方立刻就會點數全失啊！」

「這點Cosmos當然也再清楚不過吧。她明知一打輸就會玩完，卻還是在挑釁……也就是說，她有著哪怕諸王接連找她挑戰，都一次也不會打輸的確信，也有著讓她如此確信的理由。Cobalt，妳可曾把對戰名單上只有Cosmos一個人這件事，告訴藍之王？」

「……沒有，我還沒說。我打算在這場會議結束後，連同會議結論一起報告。」

「勸妳最好別說。照Knight的個性，難保不會今晚就跑去跟Cosmos打。他的開關一打開會怎麼樣，妳們應該也很清楚吧。」

……會怎麼樣？春雪歪頭思索，但沒人告訴他答案。Cobalt低頭不語，Mangan低聲說：

「……的確……是啊。可是，我們沒辦法連六大軍團要聯合攻擊Cosmos一人的計畫，都瞞著王不說。一旦知道有這個計畫，王肯定會說自己也要參加吧。這也就表示……沒辦法對Cosmos，不，是沒辦法對震盪宇宙出手嗎……」

看到Mangan Blade握緊了佩掛在左腰的太刀刀柄，好一會兒都沒有人說話。就連先前強硬表達反對意見的Iron Pound都雙手抱胸，沉默不語。

沉默之中，剩下的時間終於剩下不到十分鐘時。

配色搶眼的平衡球，滾到了會場中央 附近。球上站著一個身披淡黃色迷你連身裙裝甲的嬌小女性型虛擬角色，靈活地維持平衡。是黃之團「宇宙祕境馬戲團」派出的唯一與會者Lemon Pierrette。

據說是黃之王Yellow Radio親生妹妹的她，在昨天的七王會議上也現了身。春雪沒有機會直接和她說話，但她在會議中都只複誦Radio的語尾，不記得她曾表達自己的意見。

Radio並未參加今天的會議，那麼她到底打算說什麼呢？正當春雪吞著口水等待……

「請問你們幾位要去的終點，是在哪裡呢～？」

Pierrette搖動著不如兄長那麼大的大頂小丑帽，以像是年幼少女的嗓音這麼問起。

「妳說……終點？」

聽Cobalt問得不解，Pierrette緩緩點了點頭。

「是啊～就是問各位說，各位是只要把困在太陽神印堤體內的五個王救出來就好，還是把打垮白之團當成最終目標，還是說，還想得更遠呢～」

「當然不是救出王就沒事了。」

Mangan沉吟似的說了。

「白之團可是過去壞事做盡的加速研究社拿來掩人耳目的幌子。要是置之不理，根本不知道他們又會做出什麼好事來。雖然不求要把他們所有團員都打得點數全失……但最低限度，至少也要逼他們解散軍團，沒收他們的領土吧。」

「……這我也同意。」

Iron Pound表示贊同後，他身後的Suntan Chafer也默默點頭。

「要是不跟震盪宇宙還有研究會把這筆帳算清楚，就對不起之前被災禍之鎧還有ＩＳＳ套件害得點數全失的那些人啊。」

Lemon Pierrette聽完兩人的回答，維持踩球狀態，輕輕攤開雙手。

「那，先救人還是先進攻，就不是什麼重要的問題吧～？反正兩件事都非做不可，是圈套的可能性就晚點再想，應該先從好著手的做起啊～」

Pierrette在昨天的會議上幾乎處於吉祥物狀態，現在卻說出這種有大局觀又合理的意見，讓參加者們啞口無言良久。過了一會兒，Raker先輕聲清了清嗓子，然後說：

「先不說難度，如果要說好著手，應該是攻略印堤吧。畢竟不確定因素比Cosmos本人要少，而且情報也多，比較好擬訂計畫。」

「話是這麼說沒錯啦，Raker。」

Suntan Chafer帶響焦褐色的裝甲，站上前來。

「對那玩意兒根本沒辦法擬定什麼計畫。物理攻擊無效，屬性攻擊無效，而且還根本沒辦法靠近。我想聚集在這裡的所有軍團，這些日子以來都討論到不想再討論了，要說定得出什麼計畫，也只有把所有遠距離型的人馬都排出來，拉開充分的距離，然後進行飽和攻擊了吧？」

「這也是很像樣的計畫啊。只是我不覺得飽和攻擊就能轟開印堤的火焰……就我的觀點，是覺得把所有可以掛的支援(Buff)都掛到一個近戰型身上讓他殺進去，還比較有可能成功。」

一聽到這番話，Iron Pound立刻發出「哈哈」兩聲笑聲。但他立刻收聲，舉起拳擊手套型的右手道歉。

「……抱歉，現在不是笑的時候，但這發言實在太有『鐵腕』的味道，我才一時忍不住。」

Raker，我也比較喜歡妳說的計畫，但實際上我們要面對的問題，不就是沒有人志願擔任敢死隊的角色嗎？更別說要強制了，一個弄不好，可會害這個人陷入無限ＥＫ啊。」

「哎呀小拳，你可別小看了我們軍團啊。如果不是有志願者，我也不會提出這種計畫。」

……………總覺得情形不太對勁。

春雪暗自嘀咕，就想慢慢和坐在輪椅上的楓子背影拉開距離。另一頭則可以看到Pound以美式動作雙手一攤。

「喂喂，你們該不會已經決定好要派誰去當敢死隊了吧？要說黑暗星雲裡誰有抗火性能，大概也就只有Ardor Maiden，你們竟然打算讓那樣的好孩子去搞捨命衝鋒？」

「怎麼可能？印堤的火焰，不是靠虛擬角色的抗火性能就應付得了的。」

「不然要派誰……」

Pound說到這裡先頓了頓，抬頭看了春雪一眼。

接著其他與會者，也都一齊看了過來。

春雪當場就想拔腿就跑，但身為觀眾，連逃跑也是不可能的。

「……師……師……師父！為什麼妳要那麼乾脆地說出來啦！」

他們的車停在離防衛省不遠處的投幣式停車場，春雪坐在副駕駛座上拚命抗議。然而坐在駕駛座上的楓子，卻只回以不當一回事的微笑。

「反正這件事到了明天就會揭曉的，鴉同學。你不覺得比起在集合了一百名以上超頻連線者的現場發表，還不如事先說一聲嗎？」

「…………這……這個嘛，話是這麼說沒錯啦……但我也需要心理準備……」

春雪還在嘀咕，楓子輕輕捏起他的臉頰。

「而且，不強化Lead的The Infinity，而是強化自己的輝明劍，這件事也是你決定的吧？別看我這樣，這件事我可也有點鬧彆扭。」

「……啥？鬧彆扭……師父鬧彆扭？為什麼……？」

「我啊，本來覺得差不多該讓鴉同學去修練『滲透打法』特殊能力了。可是你用升級獎勵拿了輝明劍，結果就整個人就變成劍客了。」

楓子捏著他的臉頰拉啊拉地這麼說，春雪先啞口無言了一瞬間，然後頻頻搖頭：

「不……不是不是，我也不是說今後都只用劍了！像昨天的領土戰爭，我也是一直都赤手空拳在打。而且……楓子師父的『滲透打法』太厲害，我一點都不覺得自己學得會……」

Sky Raker在昨天的戰鬥中，只用了兩招，就擊破了護衛加速研究社Argon Array的Shadow Croaker。姑且不提對胸部的掌擊，決勝的一擊，看起來就只是用雙手從左右夾住頭盔，Croaker的頭部卻像從內部破裂似的粉碎。春雪看不出是什麼樣的原理帶來這樣的威力，也不覺得自己

練得出同樣的招式。

但楓子總算放開春雪的臉頰，用左上在春雪右肩輕輕一拍，笑瞇瞇地說：

「一切都看怎麼修習。只要在無限制中立空間裡閉關一陣子，鴉同學有朝一日也會開眼的。不是只有用拳頭打人才叫格鬥喔。」

「……這個嘛，我當然也覺得如果會用那種招式，對上Pound兄這種很硬的人時，戰術上也會有更多選擇……」

問題是楓子所說的「閉關一陣子」，多半不是三天或一週之類的時間。為了趁她還沒說機會難得，不如現在就去一趟無限制中立空間，春雪拚命動起嘴。

「總……總之，我完全沒打算當劍客，而且會強化輝明劍，也是因為狀況上就沒有時間去把Lead叫來，以後我也還是覺得我的師父是楓子姊……」

他說到這裡，不自然地停頓下來。

的確，這些日子以來，春雪稱師父的對象就只有Sky Raker。然而現在卻有個他必須稱之為「師範」的超頻連線者，也就是神祕的「Omega流無遺劍」劍手Centaurea Sentry。

——我還說不出口……！

楓子狐疑地看著閉上嘴不說話的春雪，但隨即露出溫和的笑容說：

「也是啦，現在還是以救出Lotus為最優先。作戰開始時刻是明天上午五點，所以今天你可別熬夜，要早點睡喔。」

「好……好的……可是我一覺得非睡不可，就反而會睡不著說……」

「呵呵，很像是鴉同學會有的情形。如果說什麼也睡不著，就打給我連線吧。我會唱搖籃曲給你聽，直到你睡著。」

雖然不知道楓子說這話到底有多認真，但她說著就用力摸了摸春雪的頭。春雪一陣子無話可答，她已經抽回手，輕輕握住方向盤。

「好了，我們回去吧。直接送你回家可以嗎？」

「好的……」

春雪正要點頭，才想起不對。之後他還有一個非完成不可的任務。

「不……不對！呃，甘……甘泉園公園，可以請妳開到那邊放我下來嗎？不好意思要害妳繞遠路……」

「甘泉園公園……？在哪啊？」

楓子歪了歪頭，將附近的地圖顯示在前車窗上。她以語音輸入目的地，就看到都電荒川線的面影橋車站與早稻田車站中間，亮起了紅色的標記。

「怎麼，還不到三公里嘛。這當然沒問題，可是……你去這種地方是有什麼事情要辦？跟加速世界有關？」

「呃……呃，呃～～……」

光是欲言又止，就已經等於承認，但楓子嘻嘻一笑，微笑著說：

「畢竟鴉同學也已經6級了，總會有些事情不方便說嘛。換作是小幸，大概已經硬逼你說出來，不過我很體貼，就不問你了。可是……你可別做危險的事情喔？」

「好……好的！我不會的！」

春雪這麼保證，楓子還強調一次：「我們講好嘍。」，然後發動了車子。

雖是平日傍晚，但路上的車比預料中少，車程花不到十分鐘。

春雪請楓子在甘泉園公園北側的新目白大道人行道上放他下車，目送義大利車的車尾燈離開後，輕輕呼出一口氣。

今天——應該說從昨天晚上，就真的發生了很多事情。

在黑雪公主家裡醒來，在笹塚圖書館見到越賀莟，移動到世田谷的醫院救出若宮惠，總算回到家裡做著功課，結果黑雪公主、莟與千百合來訪，在Highest Level和Centaurea Sentry說話，到傍晚則和楓子一起在市之谷出席五大軍團聯合會議。雖然自從七月以來，春雪一直過著忙得眼花撩亂的日子，但這多半還是第一次有這麼多事件擠在一起。

可是接下來，他還必須完成最後一個任務。

現在時刻是下午五點十五分。他仰望著總算開始染上晚霞色彩的天空，開啟導航APP，叫出在家裡就輸入好的住址，顯示路線規劃。甘泉園公園只是路標，他真正要去的地方，是要往北方再走三百公尺左右的地點。

他從最靠近的紅綠燈穿越新目白大道，過了橫越神田川的小橋，眼前的景象迅速轉變為住宅區的風景。他按照導航路線，在獨棟住宅與低樓層公寓間不斷往前走，過了一會兒，就看到前方有個小小的兒童公園。他要去的目的地，就是蓋在公園另一頭的一棟七層樓公寓。

APP裡連公寓的戶號都已經輸入，但他不能沒頭沒腦就按門鈴。那個人吩咐的內容，只到要牢牢記住公寓外觀與四周的情形，以及查看信箱上的姓氏為止。

鋪有白色磁磚的公寓並非全新，但也不舊，看起來屋齡大約十年。正門前面的植栽管理得很好，與對面的公園相映成趣，醞釀出涼爽的氣氛。實際走近看看，就覺得這要把人煮熟似的熱氣似乎也稍稍緩和了些。

春雪一瞬間在公寓前停下腳步，說服自己說，如果只是走進正門，並不構成犯罪，於是往前走。過了自動門後，根據事先得知的情報，左手邊有自動門鎖操作面板，右手邊有著信箱與包裹存放箱。他去到信箱前，尋找505號的牌子。上面記載的姓氏是「鈴川」。

——沒搬家！

春雪暗自這麼一喊，就轉身離開。所幸他並未遇到居民或管理員就順利走出公寓範圍，所以就走到道路對面的兒童公園，喝著自己帶來的水壺裡裝的麥茶。

雖然正值暑假，但或許是因為已經過了下午五點，公園裡看不到兒童。遠方藤花棚下的長椅上，有兩名老人正在休息，但春雪判斷應該不至於被責怪，於是隔著矮樹叢，再度抬頭看著這棟白色公寓。

聽說直到大約二十年前，網路地圖的街景服務會讓人幾乎可以查看所有的道路周圍風景。但在春雪出生前不久所成立的一項法案，規定凡是與安全保障與治安維持有關的所有資訊，都必須集中到「公共安全監視中心（Social Security Surveillance Center）」，禁止一般民眾存取。因此，要記住公寓的外觀，唯一的方法就是這樣親自來到現場，只是——

「……記住建築物的外觀，能派上什麼用場呢……」

春雪用手帕擦去額頭冒出的汗，忍不住小聲發起牢騷。

這個任務的最終目標，是和住在５０５號的某個人物在現實中接觸。但他只知道對方的名字，而且現在又是暑假，事情沒有那麼簡單。而且也無法推測對方從家裡出來的時間，所以肯定得長時間盯梢。今天只是來探勘場地，但比起記住公寓的外觀，找個方便監視出入口的地方不是更重要嗎？

「……不過不管怎麼想，都只能挑這個公園啊……」

春雪再次如此低喃。

公寓右側有另一棟公寓大樓，左側則有獨棟住宅而無法出入，道路又相當狹窄，如果呆呆站在那兒不動，就算是國中生，多半也會令人起疑。剩下的地方就只有這個公園，但白天應該會有小孩在裡面玩。除非演出一個長時間待著也不至於顯得不自然的理由，否則多半會有人報警。

「做自由研究的暑假作業，觀察鳥類或昆蟲……那應該會有人說我應該去甘泉園公園或細川庭園……說約好了等人……頂多也只能撐個三十分鐘吧……」

春雪一邊左思右想，一邊仰望這棟公寓，結果……

隔著矮樹叢的道路左右兩邊，同時傳來人活動的聲響。從右側接近過來的，是拖著有車輪的購物袋行走的老婆婆。左側則有三名看似參加完社團活動回來，穿著運動服的女學生。

公寓已經看夠了，還是趁彼此對看到而引得對方起疑前，趕快走人吧。春雪想到這裡，正要走向另一頭的出口，然而……

「…………！」

他硬將轉到一半的身體停住，再度轉回來。從矮樹叢的縫隙間，盯著這三人組的女生看。

從春雪的角度看去，走在左邊的短髮女生，以及走在中間綁包子頭的女生，他當然都完全不認識。然而從右側走來的那個身高最高，頭髮也長的女生，則一再刺激春雪的記憶。就在短短一個多小時前，在Highest Level直接灌進腦袋的圖像中那個女生，繼續成長三年的模樣。

就是她，錯不了。

他有了百分之百的確信，但該怎麼做才好呢？今天就先默默目送她離開，等改天有機會再接觸嗎？不，下次還能像這樣遇到，不知道已經是多久以後了。而且攻略印堤的決戰就在明天早上五點——也就是短短十二小時之後。既然如此，他就不能放過這個幸運。

可是——

光是想到自己非說不可的話，掌心就直冒冷汗。這任務門檻之高，比起去年在學生餐廳交誼廳裡被黑雪公主要求直連的那次，是有過之而無不及。

春雪還僵在原地，三名女學生已經愈走愈近。夕陽照出的三個影子，已經延伸到公園前。

先是拖著購物包的老婆婆從矮樹叢前通過。雙方似乎認識，只見三人停下腳步，和老婆婆打了聲招呼，然後繼續行走。距離大樓正門，只剩不到十公尺。

如果春雪的直覺正確，長髮女子多半就會走進公寓，解除自動門鎖，搭上電梯。這樣一來，他當然就無法與對方接觸。雖然不知道其他兩人是住在同一棟公寓，又或者只是回家的方向一樣，但總之他不會有單獨接觸目標的機會。

——也只能過去了。上啊！

他用右拳往僵硬的腳上一搥，踏上了一步。踩著差點就要跌倒的腳步，從公園來到馬路上，站到三人面前。

「不……不好意思！」

說出口的是沒出息的沙啞嗓音，但三名女學生還是停下腳步，看向春雪。

春雪知道長頭髮的女生現在是高中一年級生，那麼她身旁的兩人多半也是。但無論對方年紀比他大或比他小，現在都沒什麼兩樣。

三人露出八成困惑，兩成提防的表情，等著春雪說下去。他從幾乎一片空白的腦袋裡，勉強抽出了所需的情報，轉化為言語。

「請問……妳是鈴川瀨利同學，對吧？」

春雪一說出這個名字，高中女生們的提防度就上升到將近五成。尤其是被叫到名字的長髮女生，更是右腳退了半步，要保護自己似的舉起左手，但還是回答了他：

「……我是鈴川沒錯……你是？」

這個以女性而言比較低沉，略帶點中性的嗓音，的確和她——將這份職責交給春雪的Centaurea Sentry——很像。眼尾細長的眼睛、鮮明的眉毛、小小的嘴，也讓他覺得Sentry被護目鏡遮住的部分大概就是這樣。春雪微微加強決心，報上自己的名字。

「我……我的名字叫作有田春雪，是杉並區的梅鄉國中二年級生。」

「有田……同學。你跟我在哪裡見過嗎？」

春雪很想說見過，但瀨利沒有這份記憶。他頻頻搖頭回答：

「沒有……我們沒見過。可是，我知道妳。」

這時站在正中間的女生說話了：

「等等，你這麼說的意思是，你是跟蹤狂？」

接著左邊的女生尖聲說：

「我警告你，那邊有公共攝影機，你要是敢亂來，警察馬上就會來！」

她所指的金屬柱上，的確裝了眼熟的黑色球體。會即時分析影像的ＡＩ，也許已經從這個狀況中檢測出了異狀。可是他已經沒有退路。

「我……我不是跟蹤狂！我是第一次來這裡，也是第一次見到鈴川同學。」

他拚命說明，但三個女生的戒心不減。如果現在有旁人經過，事態就會弄得更複雜。

「……既然這樣，那你有什麼事？」

對於瀨利的這個問題，春雪將他想了幾秒鐘後準備好的答案回答出來：

「是……是有人拜託我，來見鈴川同學一面。」

「有人？是誰？」

——就是妳自己！

這句話幾乎就要脫口而出，但他還是勉強壓了回去。一旦說出這句話，相信她們三人的戒心計量表就會上升到頂點。春雪用口水濕潤乾渴的喉嚨，微微搖頭。

「對不起，我不能說出這人的名字。可是，我可以解釋來見妳的理由。」

「……是什麼樣的理由？」

「沒辦法用說的。我求求妳，請妳用這個……」

春雪從卡其褲的側邊口袋，拉出長兩公尺的ＸＳＢ傳輸線，將一端的接頭遞過去。

「跟……跟我直連。」

這話一出口，瀨利瞪大眼睛，另外兩人也張大了嘴。

照春雪的說法，這是不合邏輯到了極點，但至今社會上仍蔓延著將在公共場合直連的年輕人視為情侶的習慣。她們三人恐怕都覺得所謂有人拜託只是口實，其實春雪是想對瀨利表白愛意。光是想像到這裡，都想拔退就跑，但要是現在跑掉，多半再也沒有機會跟她說話。春雪以顫抖的指尖，將接頭遞往前方等著，結果──

瀨利不小心發出悶笑，隨即用左手遮住嘴。她用這隻手摸了摸水藍色的髮夾後，用微微柔和了些的聲調說：

「……有田同學，我大概知道你不是危險人物了。可是對不起喔，我實在沒辦法和第一次見面的人直連。」

──我想也是啊。

春雪忍不住暗自贊同，但他不能收回接頭。

「我求求妳……我有事情非告訴妳不可。」

「有事情要告訴我……？你說的是什麼事？」

春雪再度潤了潤喉嚨，然後照著Sentry的吩咐說出了這句話：

「就是妳從小學生時就忘記，一直想要想起，但就是想不起來的事。」

這句話一出口——

瀨利臉色大變。

她的雙眼瞪得更大，雙手按住嘴。退開一步，再一步，難以置信似的連連搖頭。

另外兩人發現了朋友的變化，反而踏上一步，尖聲呼喝：

「等等，你不要亂講話！」

「瀨利小學生的時候怎麼樣，你這個國中生怎麼可能知道！」

被兩名高中生逼問，讓春雪不由得困窘，但這時瀨利踏上一步，轉過來面向兩位朋友。

「加奈、志摩。我……非得聽他說不可。」

「咦……可是，瀨利……」

留包子頭的朋友露出擔心的表情，瀨利則對她穩穩點了點頭。

「不用擔心，情形我會好好跟妳們說清楚。今天妳們就先回去。」

「……既然瀨利這麼說，我們就先回去。」

留短髮的朋友，輕輕拉了拉包子頭的運動服衣袖。兩人又先盯著春雪看了一會兒，對瀨利留下一句：「晚上要打給我們喔！」然後沿著道路往東走遠了。當兩人的背影消失在彎道當中，春雪就把心裡想的念頭，原原本本地對站在身旁不動的瀨利說了出口：

「妳的朋友好信任妳。」

「朋友不就是這樣嗎？」

瀨利毫不猶豫地斷定後，環顧四周，然後指向春雪直到幾分鐘前還用來躲的公園。

「在那邊可以嗎？」

「好……好的，在哪裡我都可以……」

瀨利對他的回答點了點頭，右手提著本來掛在肩膀上的亮皮書包，走向公園入口。春雪跟向她一頭在苗條的背上搖曳的黑髮，再度進入公園。

不知不覺間，坐在藤花棚下的兩名老人已經離開。瀨利一路走到那兒，將書包放到長椅上，轉過身來。

「那，你說我想不起來的事情，是什麼事？」

瀨利盯著春雪看，臉上的戒心並未消失，但現在透出的是掩飾不住的渴望——看來是這樣。又或者，那只是春雪將自身期望的投影？答案很快就會揭曉。

春雪再度遞出了還拿在右手上的接頭。

瀨利猶豫了一會兒，然後接下了接頭。她戴在脖子上的神經連結裝置，和從額頭兩側反光的細長髮夾是同色調的藍色。她下定決心，將磁吸式的接頭接到了神經連結裝置的接口上。

春雪接上另一端的接頭後，視野中央顯示出有線式連線的警告標語。當標語消失的瞬間，他小聲唸出：

「超頻連線。」

啪——！一聲冰冷而乾澀的雷鳴，讓世界靜止了。

無論頭上的藤花棚、隔著棚子看見的滿天晚霞，還是眼前的鈴川瀨利，都染成了一整片通透的藍色。這是起始加速空間——又稱Blue World。是銜接現實世界與加速世界的寂靜世界。

春雪化為粉紅豬虛擬角色，從自己凍結的身體中飛了出來，在地上彈跳一次之後直立起身，仰望瀨利。

如果瀨利也是超頻連線者，應該會和春雪一樣，以泛用虛擬角色的身影出現。但等了好幾秒，仍然沒有虛擬角色從以納悶的表情靜止不動的瀨利身上飛出。

到這一步都在意料之中。接下來就看春雪能否執行指令。

——不需要完全轉移，只要一瞬間連上Highest Level就行。

一個多小時前，Centaurea Sentry對春雪這麼說。然而，這種事情真的辦得到嗎？就連從無限制中立空間轉移到Highest Level，他都得持續專心揮劍達到十小時以上。但這裡是比正規對戰空間更低階的起始加速空間。就感覺上而言，幾乎就是現實世界。

「我該怎麼辦才好……」

春雪忍不住對遠在高階世界的自稱師範發起牢騷，但他不能還沒做就先放棄。

就原理而言，只要能夠做到和在無限制空間劈砍想像鋼球同樣的事情，從這裡也一樣能連上Highest Level……也許。可是，潛行到起始加速空間，只能維持短短的三十分鐘。他沒有時間揮劍好幾個小時，而且現在待在這裡的春雪不是Silver Crow，而是小小的粉紅豬。

即使如此，還是非做不可。為了Centaurea Sentry，也為了鈴川瀨利。

春雪在蒼藍凍結的世界裡，將長著黑色豬蹄的右手往腰間一收。

靠自己連上Highest Level的關鍵，多半就在於「極度的專注」。在和Glacier Behemoth與英靈戰士戰鬥中，聽見Centaurea Sentry的聲音時，春雪都是在不到零點一秒的時間裡，進行壓縮為超高密度的思考。他在對想像出來的鋼球反覆揮劍時，也與劍深深融合到甚至讓時間感覺消散。雖然專注的方向性不同，但肯定都對春雪的專用量子回路造成了過度的負荷。就是這種負荷引發了某種例外的事態，讓他的意識連上了Highest Level……如果這個推測沒錯。

即使處在這起始加速空間，應該也能做到一樣的事情。因為這裡的時間也加速到一千倍，也就是說，春雪並不是用在背後凍結不動的自己那血肉之軀的大腦思考，而是用ＢＢ伺服器當中的量子回路思考。

極度的專注。

在生死一線間的極限狀況，或是花費十幾個小時精鍊出來的想像，至少要有其中一者才能達到那樣的境界。然而，現在他必須在三十分鐘之內達成。在這三十分鐘之間，現實世界經過的一．八秒，已經足以讓瀨利覺得懷疑。最好當作不可能有機會進行第二次加速。

專注。

春雪右手舉在腰間不動，走向附近的藤花棚柱。

在現實中是飽經日曬的木製柱子，但在起始加速空間，則像玻璃一樣呈通透的藍色。雖然有命中判定，但無法破壞。春雪看著這個柱子上的一個點，精鍊一擊劈開的想像。一擊，一擊……一擊。

「———喝啊啊！」

由於沒有人在聽，春雪在毫不客氣的呼喝中，打出一記右直拳。握緊的豬蹄碰上柱子，發出啵一聲不帶勁的聲響。當然，柱子也並未折斷。然而，有那麼短短一瞬間，春雪感受到了拳頭的速度超越了極限。就好像是打穿了世界本身———

啪！

東西裂開的聲音響起，緊接著，有著大量的資訊從這裂縫灌注到春雪體內，透過直連傳輸線，灌進鈴川瀨利的神經連結裝置。這不是錯覺。因為這股資訊的傳遞，成了一道在空中發出純白光芒的水流，可以用眼睛看到。

等光流停止後，春雪等了足足十秒鐘以上，然後戰戰兢兢地唸出指令：

「超頻登出。」

凍結成藍色的世界漸漸找回原來的顏色。粉紅豬虛擬角色從四肢末端逐漸消失，意識回到血肉之軀上。

洋溢整個公園的蟬鳴聲浪、從新目白大道傳來的電動車行駛聲、在鄰接的小路上奔跑的孩童腳步聲——春雪一邊感受著這些環境聲響一股腦兒湧來，一邊盯著鈴川瀬利的臉看。

不知不覺間，瀬利已經閉上眼睛。剪得短且平整的瀏海下，長長的睫毛微微顫動。直立的身體頻頻痙攣，慢慢朝後弓起。

春雪心想，如果她仰到危險的角度，就要撐住她的背。但沒有這個必要。瀬利最後更加劇烈地顫抖一陣，然後以幾乎聽得見聲音的勢頭睜大了雙眼。

望向傍晚天空的視線漸漸往下，鎖定春雪。她左手在面前迅速動了動，眨了幾次眼睛後，以聽來比直連前更增了幾分魄力的聲調——

「……記憶，幾乎完全同步了。」

「…………啥？呃……？妳這麼說，是什麼……？」

「就是說我想起來了。想起我曾經是超頻連線者……是Centaurea Sentry。」

「…………！」

春雪倒抽一口氣，杵在原地，瀨利一臉正經地看著他好一會兒——

過了一會兒，她小巧的嘴唇露出了淡淡且溫暖的微笑。

「有田同學……不，Silver Crow，你做得很好。坦白說，我本來評估成功率不到十％……甚至覺得我懷疑你而報警的可能性還比較高。」

「這……這樣太過分了啦！」

春雪忍不住喊出來，才盯著仍然直連著的瀨利臉上看。

「……可……可是，妳真的是Sentry姊嗎……？」

「你沒辦法相信？」

「因為，妳說話口氣也完全不一樣……」

「這樣講話你小子就相信？」

瀨利突然換成老者語氣後，將微笑轉為苦笑，繼續說到：

「在現實中我也可以這樣講話，但高中女生講話這樣老氣橫秋也太不像話了吧。所以在現實世界，我就用比較文靜、正常的口氣說話了。」

她說到一半就恢復原狀，讓春雪忍不住頭痛。

「我……我相信……可是，為什麼在那邊妳就要那樣說話……」

「在早期的加速世界，很多場面裡光是屬於女性型，就會被人看扁。」

「是……是這樣啊……嗚嗚嗚，我已經搞不清楚狀況……——妳剛剛說記憶同步了，照這樣說來，到剛剛還存在的鈴川同學的人格呢……？」

「並沒有消失啊。」

瀨利這麼一回答，把接頭從神經連結裝置上拔開，還給了春雪。她走到藤花棚下的長椅，把放在上面的亮皮書包挪到一旁，招手要春雪坐下。

春雪先把XSB傳輸線收進口袋，然後在長椅坐下。瀨利也坐到他身旁，看著自己的雙手好一會兒，然後開口說：

「……我是在小六的第三學期點數全失，忘了加速世界的事，就這麼過了國中時代，活到高一的今天，這三年半的記憶都仍然留在我腦子裡。可是同時，Centaurea Sentry在主視覺化引擎當中半夢半醒，偶爾醒來想著一些漫無邊際的念頭，這樣的記憶也存在。並不是人格有了改變……從夢中醒來，就是最真切的感受了吧。從一個和平而幸福，但總是少了些什麼的夢裡醒來……」

「…………」

即使聽完瀨利的獨白，春雪仍然無法立刻回答。

會無法反應也是無可奈何。現在坐在他身旁的鈴川瀨利／Centaurea Sentry，是個打破了

BRAIN BURST最重要規則「點數全失＝強制反安裝＝永久放逐」的例子。也是繼若宮惠／Orchid Oracle之後的第二位死而復活者。而且瀨利並未藉助白之王White Cosmos的力量，幾乎是獨力找回了記憶。

雖然完全搞不懂她用了什麼樣的方法，但如果這個方法也能適用在其他點數全失者身上，整個加速世界就會天翻地覆。沒錯……就連黑雪公主以突襲方式打得點數全失，至今仍是她深切自責原因的紅之王Red Rider，說不定其實也有辦法復活。

但春雪無法主動提起這個話題，反而問出了一個完全無關的問題。

「……瀨利同學，進了什麼社團？」

「師範。」

「咦？」

「我在那個世界不也說過，要你叫我『師範』嗎？如果不想這麼叫，我退讓一百步，叫我『老師』也行。」

「……那……那麼師範，參加什麼社團……」

他再度問起，瀨利就輕輕舉起右腳，回答說：

「足球。」

「足……足球？」

「你為什麼那麼驚訝？」

「沒……沒有……我還以為是劍道社……」

「因為我是從國中開始踢的。」

瀨利喃喃說完，放下腳，抬頭看看作為屋頂的藤花棚。已經七月下旬，所以藤花早就謝了，但生長茂密的葉子縫隙間，可以看見天空被照成火燒般的橘色。

「……從我不再是超頻連線者後，就一直懷抱著某種空洞在生活。『想要想起卻一直想不起』……我心中始終有著這種說什麼也填補不了的空白。當我升上國中，加奈和志摩……就是剛剛跟我在一起的兩個女生，邀我進女子足球隊，我自認已經拚命投入，但空白仍從未消失。」

瀨利這番話，讓春雪再度意識到BRAIN BURST的殘酷。即使能夠奪走記憶，卻絕對無法填補刪除這些記憶後留下的空洞。如果以前所有點數全失的超頻連線者，都感受著同樣的空洞，那就是一種再也解不開的詛咒。

「……所以你身邊，有超頻連線者點數全失？」

忽然聽瀨利問起，春雪先抬頭看了看她的臉，然後垂頭喪氣似的點點頭。

「有。是我……讓他點數全失。用賭上彼此所有超頻點數的一戰定生死對決。」

「掠奪者」Dusk Taker，能美征二。和他的那場對決，是說什麼也避不開的。當時能美被逼到體力計量表只剩幾個像素的絕境，拚命求饒，春雪給了他最後一擊，對此也並未後悔——

但即使如此。

「他從點數全失後，就像變了個人似的，變得很正經，對學業和社團都很努力。就算是這樣，他是不是也有同樣的感覺？是不是也一樣，一直懷抱著填補不了的空洞……？」

「我不知道。」

瀨利一頭長髮往牌搖動，輕聲細語地說：

「因為我不曾看過點數全失的超頻連線者。讓人點數全失倒是有過幾次……」

「有……有過好幾次……是嗎？」

「別看我這樣，以前大家可是稱我為什麼『劍鬼(Rushless)』啦、『阿修羅(Asura)』啦。明明系統給我的虛擬角色名稱是衛兵(Sentry)，但我直到退出都不曾保護過任何人。」

「…………可是……」

春雪再度看著瀨利的臉，拚命開口說：

「可是，妳不是保護過我好幾次嗎？要不是有瀨利同學的指引，我對Glacier Behemoth和英靈戰士，都不會打贏。」

「那只是一時興起去攪局。而且我本來根本沒覺得你會聽見。」

「咦……」

「所以，我不打算拿這些事情跟你討人情。雖然以後又是另一回事了。」

「以……以後？」

春雪張大了嘴，瀨利就慢慢舉起右手，往春雪的額頭上一戳。

「好痛。」

「Crow你已經忘了是為什麼讓我死而復生了？」

「呃……」

春雪將記憶整個翻找一遍，這才總算想起。他拜託Centaurea Sentry教導Omega流的技法，結果就被賦予了這個任務。而想要學會Omega流的理由，則是希望能在已經只剩十一小時後就要展開的太陽神印堤攻略戰中做出貢獻。

「我……都忘了！妳願意教我Omega流嗎？」

「我要是沒這個意思，才不會以你師範自居呢。」

所幸瀨利這麼回答，但鮮明的眉毛隨即一皺。

「可是……還有一道障礙非跨過不可。」

「障……障礙……是什麼樣的……？」

「我找回了自己就是Centaurea Sentry的記憶，可是要復活為超頻連線者，還有另一樣東西是非有不可的。」

春雪心想到底是什麼東西，然後才發現。

「啊……ＢＢ程式……」

「沒錯。因為點數全失的時候，程式就從神經連結裝置裡強制反安裝了。」

「圖示沒在妳的虛擬桌面上復活？」

「我還沒看。」

這個回答，喚醒了幾分鐘前的情景。瀨利告知春雪「記憶，幾乎完全同步了」前不久，左手就曾往旁一掃。那是把虛擬桌面最小化（Shrink）的動作。

如果找回記憶，ＢＢ程式卻沒回來，到時候她會嚐到多麼大的失望？瀨利不想知道答案的心情，春雪有著痛切的體會。

一想到這裡，春雪忘我地雙手放到瀨利右手上。

「這……這個！如果沒復活，就由我來把ＢＢ程式傳到妳的神經連結裝置上！」

「……Crow，你知道你說的這句話是什麼意思嗎？」

「當然知道。」

他深深點頭。

複製安裝BRAIN BURST程式，也就是要成為「上下輩」。可以嘗試的次數只有一次，瀨利顯然滿足作為超頻連線者的條件，但即使成功，春雪都將再也無法收「下輩」。

從升上5級那陣子，他就開始會想，自己有朝一日是否也會成為「上輩」。然而他本來以為那是在遙遠的將來，而且也不確定自己是不是真的想當。可是，如果能把這唯一的一次，為了恩人Centaurea Sentry而用掉，他不會後悔。

他以蘊含了這些想法的視線，一心一意地看著瀨利的眼睛。

瀨利忽然表情一鬆，輕輕拍了拍春雪的手說：

「師範是徒弟的『下輩』，也太不成體統了吧。別擔心，不用靠你這小子，我也會想辦法解決。」

……為什麼口氣變了？

還來不及問，瀨利已經舉起左手，往右一揮，叫回了虛擬桌面。漆黑的眼睛凝視虛空，過了一會兒後。

「……有。」

「有……有嗎！有BB的圖示？」

「我不可能看錯這東西。就若無其事地在以前的位置上復活了。」

「太……」

太棒啦！春雪正想喊出這句話，抱住瀨利，但總算驚險地自制住。他將攤得要開不開的雙手迅速放回大腿上，露出生硬的笑容。

「太……太好了……可是，這是從哪裡複製來的呢？是剛才程式自己從我的神經連結裝置上傳送過去的嗎？」

「唔……」

瀨利迅速劃動左手手指，搖了搖頭。

「不對，似乎不是。記錄中的發信人被遮蔽了。我想，多半是從中央伺服器直接送來的。就好像……」

「就好像……？」

「……沒事，我什麼都沒說。總之這樣一來，最後的障礙也克服了。從現在這一瞬間起，Crow，不，有田同學，你就正式成為我的徒弟了。」

瀨利這麼一宣告，整個上半身轉過來面向春雪，伸出右手。

這次春雪沒有理由猶豫。他牢牢握住她的手，深深低頭說：

「請……請多指教！」

到了這個時候，春雪腦中才想到自己追隨了第二……不，是第三位老師，這件事該如何對黑雪公主與楓子解釋，但要煩惱大可等到救出黑雪公主再說。現在最優先要做的，就是學會神祕的「Omega流無遺劍」，完成對印堤戰的攻擊手這個重責大任。

他抬起頭，放開了瀨利那握力強得令人覺得她沒有白參加運動社團的手。兩人同時站起，走出藤花棚，同時仰望天空。

不知不覺間，晚霞的顏色已經變得很濃。瀨利就像被即將轉變為藍色的朱紅色吸進去似的，做了一次深呼吸，然後將視線拉回春雪身上。

「你已經在Mean Level揮劍揮了十幾個小時，所以今天就好好休息吧。我明天也有社團活動要參加，修行就……我想想，大概從晚上八點以後……」

「啊……對不起，那樣會來不及。」

「來不及？來不及什麼？」

被她問起，春雪才發現自己完全不曾提過明天早上的一場大決戰。

「呃，這個……明天早上五點，我得去打倒一隻叫作太陽神印提的神獸級公敵……」

瀨利聽了後，雙眼與嘴巴張得開開的，凍結在這個表情五秒鐘以上。然後她眉頭深深皺起，嘴唇顫動了兩三次——

「小子你說什麼喔喔喔喔！」

這聲呼喊，讓停在藤花棚上的麻雀一起飛走。

5

鈴川瀨利聽春雪親口解釋了與加速研究社有關的種種後，先回到公寓五樓的自己家裡，短短十五分鐘後又出來了。

她將運動服換成了淡褐色的亞麻襯衫與深灰色的七分褲，揹著一個樸素的畫布材質背包。她對站在公園入口等待的春雪只說了聲：「走了。」，就這麼開始走向大道。春雪趕緊追去，走在她身旁。

春雪一邊配合瀨利邁開大步的步伐，一邊小聲問起：

「請……請問，這樣真的沒關係嗎？我是很感謝啦……可是我家挺遠的，要在剛剛那個公園也行……」

這話一出口，不愧是老手玩家的白眼視線就瞪了過來。

「有田同學，你該不會以為一兩個月的修行，就能窮究Omega流的真髓？」

「咿！不……不是，我不是這個意思，可是，也不必練到顛峰，只要請妳教會我一招覺得會對印堤管用的劍法……」

「太甜了，比玫瑰蜜炸奶球（Gulab Jamun）還甜。（註：日文中「甜」亦可作「天真」之意。玫瑰蜜炸奶球是印度的國民甜食，甜度極高）那顆大滾球，火焰內側有個硬得要命的核心。臨陣磨槍的劍，連一公釐也切不進去。」

「……請問玫瑰蜜炸奶球是什麼？」

春雪聽了好奇就先問再說，結果瀨利哼了一聲。

「改天請你吃。別說這個了，搭東西線沒錯吧？」

「啊，是。在終點站中野換搭ＪＲ，在高圓寺下車就好……不過也只有一站，用走的也行……」

「那就這麼辦。」

瀨利回答得若無其事，以讓人完全看不出她參加完社團活動有所疲累的腳步持續行走。走到神田川後，就沿著河邊的步道往東走。只要這樣一路前進，相信很快就會走到高田馬場。

瀨利說得沒錯，如果要在無限制中立空間待上幾個月，就不能在公園長椅上進行。在裡頭過上三十天，在現實世界就會經過大約四十三分鐘。可是，雖是如此——

「……那個，瀨利同學……不，師範，不要緊嗎？」

「什麼不要緊？」

「就……就是說……我和師範好歹在現實世界還是第一次見面，剛剛我找妳說話的方式，也是連自己都覺得太可疑。我就想說，妳突然要去這樣一個傢伙家裡，都不會擔心嗎……」

春雪問這個問題前，先做好了又要被罵的覺悟，但瀨利一瞬間睜大眼睛，然後恍然「噢……」了一聲。

「……也是，一般來說也許是這樣吧。我先聲明，我可也是第一次跑去男生家裡啊。」

「是……是嗎？」

「只是，我對你就完全沒有第一次見面的感覺。在ＢＢ裡實際跟你接觸，是在你跟Glacier Behemoth打的時候，所以現實時間是在……呃，就兩天前，對吧？」

「是……是啊。」

「……可是，我第一次感知到你的存在，是在你跟第五代打的時候。就算用現實時間來算，也已經是半年前了吧。」

「第五代……？」

這次換春雪睜大眼睛了。他歪頭納悶，心想到底是什麼第幾代，這才想到。想也知道，是指第五代Chrome Disaster——Cherry Rook。瀨利就是透過他的知覺，第一次感知到春雪。

沒錯，玲川瀨利既是Centaurea Sentry，同時也是第三代Chrome Disaster。這是否也就表示，瀨利和Cherry Rook與第四代Disaster他們也有連結？

春雪先盯著她說得渾不當一回事似的側臉好一會兒，然後才打算開口。

但瀨利似乎猜到他要說什麼，微微舉起右手，輕聲說道：

「這件事以後再說。這話題太沉重，不適合邊走邊講。」

「……好的。」

春雪點點頭，默默走了一會兒。

不知不覺間，西方的天空只剩淡淡的殘紅，沿著步道設置的路燈亮起白色的光芒。氣溫總算開始下降，從河面吹過的風，將發熱的肌膚吹得舒暢無比。兒童座椅上載著小孩的自行車，發出輪軸內建的馬達聲，超過了兩人。

「師範……Sentry姊，一直都一個人待在主視覺化引擎裡嗎？」

春雪問出另一個問題，瀨利略作思索，然後莫名地伸出手，在春雪頭上輕輕一拍。

「這要看一個人這個字眼的定義了。的確是孤獨，但並不是孤伶伶一個人待在黑暗裡幾千年。如果是那樣的狀況，我想大概不到十年，光量子回路裡的靈魂大概就已經崩壞了。基本上是種一直在睡的感覺，很偶爾才會短時間醒來，想東想西。」

「想東想西……？」

「想著BRAIN BURST、想著自己，還有……就是想著這小伙子得從頭教過才行啊，之類的嘍。」

小伙子三字顯然是指春雪，所以他反射性地縮起了脖子。

「這……這樣啊……」

「所以，能像這樣實現願望，我很開心。外宿一個晚上，根本沒什麼大不了。」

瀨利細細咀嚼各種滋味似的這麼一說，然後一瞬間露出慧黠的笑容說下去：

「我跟爸媽說是去志摩家過夜，不過如果偽裝被拆穿，你可要跟我一起回家道歉喔。」

「好……好的……不、不對不對不對！這我辦不到啦！」

春雪慌忙搖著雙手，瀨利就放聲大笑，走向前方漸漸可以看到的東西線高田馬場車站。

從中野站回到地面，一路走到春雪家的公寓大樓，時間已經過了晚上七點。

天空已經全黑，而母親到明天早上都不會回來，所以他不像瀨利那樣需要編造藉口。也不知道這是好事還是壞事……他一邊想著這些念頭，一邊搭上電梯，在二十三樓走出電梯。

走過公共走廊，正要解開自己家的電子鎖，結果——

「咦……！」

春雪反射性地把手從投影面板上縮回。

「怎麼啦？」

他小聲對疑惑的瀨利解釋：

「這個……保全系統切換到有人在家的模式了……」

「咦，你不是說令堂到早上都不會回來嗎？」

「應該是這樣啊……」

趕緊打開郵件軟體一看，但並未收到告知行程改變的通知。母親雖然經常早上才回家，但對這種事情一板一眼，很難想像她會什麼都不說就跑回家來——說是這麼說，但又想不到除此以外的解釋。

「……怎……怎麼辦？」

「你問我我也沒轍啊。也只能說是學校的朋友，說好一起做功課了吧？」

「可……可是……師範怎麼看都不像國二……」

「不好意思喔，我就是臉老。」

瀨利噘起嘴，用誇張的動作聳了聳肩膀。

「既然這樣，看你要說是女友還是什麼都好。」

「不……不是，這也有點……」

春雪頻頻搖頭，拚命評估補救方案。如果母親已經回家，怎麼想都覺得不可能留瀨利過夜，頂多只能留她到晚上十點左右，所以還剩三小時。如果這段時間可以持續潛行，能夠待在無限制中立空間的時間大約是一百二十五天……大約四個月。有這麼多日子，應該足以結束修行……希望可以。

「……就說是同校的學姊。」

春雪這麼一宣告，瀨利就以有點像是尋他開心的表情點點頭。

「了解。是叫梅鄉國中……對吧？」

「是。我來說明，瀨利姊就盡量別開口……」

「好好好。」

「那，我們進去！」

再磨蹭下去，也只會讓修行時間減少。他下定決心，觸控投影面板，開鎖。門鎖喀恰一響，拉開推拉式門把。

玄關很暗，但走廊最裡面的廚房門格紋玻璃露出明亮的光線。看來母親果然早了半天回來，但事已至此，也沒什麼好說。他領著瀨利走在走廊上，在門前仔細傾聽。聽不見聲響……不知道是不是在沙發上喝著葡萄酒。

——管他的！

春雪轉動門把，一口氣拉開了門。

緊接著。

「歡迎回來！」

「「「歡迎回來～！」」」

多人應和的喊聲迴盪著，讓春雪啞口無言地杵在原地。

滿滿的都是人。

餐桌上、沙發周圍，都密密麻麻站著人，對春雪露出溫暖的笑容。當然，沒有一張臉孔是陌生的。黑雪公主、千百合、拓武、楓子、謠、晶、仁子、Pard小姐、綸、志帆子、聖實、結芽，以及累。黑暗星雲黑系人馬幾乎都到了。

春雪正發呆，就聽到砰砰砰砰幾聲熱鬧的聲響，五彩繽紛的紙花從天花板紛紛飄落，南邊的窗戶上方，出現了一條橫向的布幕。上面以手寫的文字，寫著【賀Silver Crow就任特攻隊長！大．大．大送行會！】當然這一切都是AR物件，但排滿整張餐桌的餐點似乎是真的。

……女生比例還是好高啊──

春雪先想著這種逃避現實的念頭，然後才總算開了口：

「請……請問，這到底是……」

可是……

「慢死了啦！」

卻被千百合的喊聲打斷。這位把笑容換成鼓起臉頰表情的兒時玩伴，雙手扠腰逼問他：

「小春，會議不是五點多就結束了嗎？楓子姊說你從早稻田那一帶下車，結果你到底跑哪兒去了！虧我們還連鞋子都藏起來等你！」

「這……這個……不，先告訴我這到底怎麼回事啦！」

「看到這布幕就該知道了吧！早上我湊巧遇到黑雪學姊，所以就想到這個主意。想說小春你擔任印堤攻略作戰的攻擊手，要好好鼓勵你一下，所以你要好好感激！順便告訴你，我可是有好好取得伯母同意！」

「什……什麼時候……——師父早就知道這件事了？」

春雪將視線望向兩小時前才剛在甘泉園公園道別的楓子，她就回以淡淡的苦笑。

「我也被蒙在鼓裡呀。要是早知道，我就不會讓鴉同學在路上逗留了。」

「對不起啊，楓子，這是為了防止走漏消息。」

聽黑雪公主這麼說，楓子就噘起嘴唇。

「我可不是那麼容易表現在臉上的類型喔。」

她們兩人的這番對話，被仁子大聲打斷。

「別說這些啦，趕快開始啦！我肚子都餓得扁到不行了啦！」

「贊成～！」

志帆子這麼呼應，跑向春雪。

「來，烏鴉同學，你過來這邊！飯菜都要冷掉了！」

她就要伸手去拉站在門口的春雪右手，突然連連眨眼。

「咦……烏鴉同學，這位是？」

聽她這麼一問，春雪才想起自己還讓鈴川瀨利等在背後，趕緊往旁讓開一步，要她進去。

瀨利毫不退縮地上前，所有人的視線集中在她身上。

對於滿臉狐疑的同伴們，春雪以半自動駕駛狀態做了介紹。

「呃，這位是鈴川瀨利同學……虛擬角色名稱是Centaurea Sentry。」

聽到這句話，Petit Paquet組，綸與累等相對資歷較淺的玩家，都仍是一臉「誰啊？」的表情，但高等級玩家們的反應就不一樣了。

最先戒心大起的黑雪公主喊說：

「──『劍鬼』！」

接著楓子衝到黑雪公主身旁喊說：

「──『阿修羅』！」

然後是站在她身旁的晶喊說：

「──『Omega Weapon』！」

連謠也露出平常罕見的嚴肅表情。

春雪暗自心想，最後一個綽號應該是第一次聽過，可是又覺得以前好像在哪兒聽到過……

然後才猜到黑雪公主等人會有這種反應的理由。

Centaurea Sentry是從加速世界黎明期就威名遠播的劍豪，相信黑雪公主與楓子她們多半都曾和她打過。而且Sentry還變成第三代Chrome Disaster，被藍之王Blue Knight討伐而離開了加速世界。看到這樣的對手突然以血肉之軀現身，不提防才奇怪。

「不，這個，我是說！」

春雪事到如今才慌了手腳，瀨利就把手放上春雪右肩，又踏上一步。

「這可有意思，明明是第一次在現實中見面，我卻隱約猜得出誰是誰。」

她莫名地以Sentry口氣這麼一說，露出淺笑，右手指向楓子說：

「妳是『超空流星（Strat Shooter）』吧。旁邊是『純水無色（Aquamatic）』、『緋色彈頭（Testarossa）』……」

依序指向晶與謠的手指，指到黑雪公主身上——

「然後妳就是『絕對切斷』吧？我可作夢都沒想到，會像這樣和過去的勁敵們見面。『矛盾存在（Anomaly）』……看來不是這小伙子啊。」

被指到的拓武默默地大大搖頭，瀨利就聳了聳肩膀。

「那真是遺憾。我還以為能把擱了四年的對決做個了斷。」

即使聽她說得剽悍，黑雪公主等人也不回嘴。感覺就是看到幽靈……不，相信她們真的就是處在這樣的心境吧。

結果這時出聲的，是活動期間多半與Sentry幾乎沒有重疊的仁子。

「喂，喂，喂喂喂！」

她雙手插在牛仔短褲的口袋裡，聳起肩膀，以這種正統派太妹姿勢走過來。

「我不知道妳是Sentry還是什麼Country，不過妳竟敢孤身闖進我們的聚會，膽子還挺大的嘛！」

「妳是誰？」

即使被高挑的瀨利俯瞰著喝問是誰，仁子仍然維持前傾姿勢，報上名號。

「我是第二代紅之王，叫作Scarlet Rain！如果妳想對戰，我來奉陪，馬上放馬過來啊！」

「等……等等，仁子……」

春雪焦急地心想從Sentry的個性來考量，難保不會真的來上一場對戰，但瀨利嘴角一揚，老神在在地回說：

「原來如此，妳就是Rider的接班人啊？我也很樂意見識見識妳的本事，不過難得開個宴會，我也不太想搞壞氣氛啊。」

「妳說什麼！妳的意思是說我會輸？」

「別……別吵了別吵了。」

春雪勉強攔在她們兩人之間，雙手抱住仁子的身體，把她從瀨利身前抱開。

「啊，喂，你搞什麼！」

他正要把拚命掙扎的仁子一路抱到Pard小姐面前——

「……一時間難以置信，但看來妳是Sentry這件事是錯不了啊。」

黑雪公主以沙啞的嗓音這麼說完，把五指併攏的右手朝瀨利一指。

「我有一大堆問題想問，不過最根本的問題是，你為什麼和春雪……和Silver Crow一起！」

「那還用說？」

瀨利就像格擋黑雪公主斬擊似的左手一揮，回答：

「因為我是Crow的師範，Crow是我的徒弟。」

五分鐘後。

春雪在餐桌邊的壽星座（最邊邊）大口吃著紐澳良烤雞，坐在他右前方的拓武就以心有戚戚焉的聲調說：

「小春……真不知道你怎麼會跟這類人物這麼有緣啊。」

「又……又不是我主動去找來的……」

春雪嚼著滿嘴食物回答完，改變口氣說下去：

「對了阿拓，恭喜你晉級關東大賽。其實比起我的送行會，更該辦的是你的慶功宴……」

「不會啦，畢竟我在準決賽打輸了。我會在關東拿到冠軍，堂堂正正讓大家為我慶祝。」

「喔，我可是很期待的。下次我們大家會一起去幫你加油。」

「謝了，但願到時候事情全都已經解決了啊……」

拓武喃喃說著，看向沙發，所以春雪也轉頭看去。

三人座的沙發上，並排坐著楓子、黑雪公主與瀨利，莫名地三個人都吃著壽司捲。她們在同一個時間點上吃完後，不約而同都喝了一口涼茶，然後同時輕舒一口氣。

「這壽司捲真好吃，是妳做的？」

瀨利不再以老者語氣說話，對跪坐在地毯上的謠這麼一問，春雪的視野中也同樣顯示出文字的回答。

【ＵＩ＞是。我請阿婆幫忙。】

「原來如此。我在加速世界也覺得妳這女生很能幹，看來在現實裡更是有過之而無不及啊。如果妳想拜師入門，隨時都歡迎妳。」

啞口無言的謠還來不及動起手指，楓子就面帶笑容說：

「妳想被痛宰嗎？」

「哎呀，我倒是記得總成績是我贏了比較多場。」

——咦，真的假的？Sentry師範，對Raker師父勝多敗少？

看來震驚的不是只有春雪一個，寬廣的餐客廳裡充滿了交頭接耳的聲息。楓子不改臉上的真空波Raker式微笑，以隱隱發狠的聲調回應：

「那是因為妳贏了就跑吧？不然要我現在就把戰績逆轉過來也行喔？」

「我倒是覺得差距只會拉得更開。」

分別坐在沙發左右兩側的兩人，迸發出極低溫的鬥氣。但眼看翻騰的鬥氣即將正面衝突之際，坐在正中間的黑雪公主舉起雙手，在楓子與瀨利肩上用力一推。

「好了，到此為止！妳們兩個，至少在送行會結束前都安分點，不然我可要對妳們處以不給甜點之刑！」

這話一出口，楓子與瀨利就像從沒發生過衝突似的收起鬥氣。這是否表示即使她們在加速世界是傳說級的強豪，在現實世界仍是愛吃甜食的女生呢……春雪忍不住想到這樣的念頭，然後轉念覺得不對，認為她們絕對沒有這麼簡單。

正當她暗自祈禱，希望能如黑雪公主所說，至少在這場宴會結束前，能夠平安無事，結果……

「Crow……有田同學。」

被坐在拓武身旁的小田切累叫到，於是春雪轉頭看去。累一身T恤搭配牛仔褲的休閒打扮，微微探出上半身，小聲問起：

「你拜綽號叫『劍鬼』的人為師，是表示你要認真走劍手這條路了？」

「不……沒有沒有，不是這麼回事。」

春雪反射性地輕聲這麼回答完，才想到剛剛那樣說，也許聽在別人耳裡會覺得他小看了劍這回事，朝拓武臉上一瞥。結果這位兒時玩伴以一臉彷彿在強調早已看穿了他心思似的微微苦笑，回看了他一眼。

春雪再度將視線拉回累身上，繼續解釋：

「呃，我在升級獎勵裡會選劍，是因為想增加能做的事……那個，以前我一直都只想著自己要怎麼變強，但是和很多人組過搭檔，或是組隊戰鬥，就開始想要增加戰法上的廣度……」

這是毫無虛假的真心——應該是。

但昨晚，春雪對黑雪公主說明了另一個理由。說他和拓武有過約定——「當兩人都升上7級，就要再打一場拿出真本事的對戰」，而他想用劍跟拓武對打。結果黑雪公主的回答出乎他的意料。

——你之所以想把你和拓武之間的對決限定在劍與劍的對抗上，不就是因為你內心深處已經感覺到，如果是什麼招都可以出的對戰，你就會打贏？

不可能是這樣。拓武——Cyan Pile那充滿多樣性的必殺技全都很有威脅性，而且他也認為發動心念「蒼刃劍（Cyan Blade）」的拓武，是最強等級的劍士。正因如此，他才希望自己也能用劍對抗。不

是只能躲開拓武的斬擊，而是想堂堂正正和他對砍……他想打這樣一場對戰。
春雪尚未將自己的心意告訴拓武。在這之前，他必須先成為能夠得到拓武肯定的劍手。
春雪一瞬間轉著這樣的念頭，耳朵則聽到累說：
「原來如此啊……的確，在搭檔戰或團隊戰，最重要的是能力的相乘效果（synergy）。戰法愈有廣度，也就能夠建構出愈多種相乘效果。可是……這樣不要緊嗎？不會變成貪多嚼不爛？」
春雪聽得出這番話不是揶揄，而是真心為他著想，所以先好好咀嚼過箇中意味才回答：
「……是，坦白說，我自己也覺得有這個隱憂。實際上，這陣子我都沒有好好修練格鬥……——可是，升級獎勵也沒辦法重選，怎麼說呢，現在也只能咬緊牙關撐下去了……」
聽到這番搞不懂是積極還是消極的回答，累與拓武不約而同地苦笑。結果一直在累身旁交互吃著飯糰與炸雞塊的晶，以像是喃喃自語卻又響亮的聲音說：
「在BRAIN BURST，貪心不是壞事說。」
「咦……是……是這樣嗎？」
「在現實世界會貪多嚼不爛，理由是時間不夠讓人去把各式各樣的路探究到底。可是，加速世界裡，事實上有著無限的時間。」
「……這……這個嘛，話是這麼說沒錯啦……」
春雪瞪大眼睛，吃完了飯糰的晶就將她的紅框眼鏡轉朝向沙發。

「從這個角度來看，我想小春拜她為師也不是壞事說。只是……『Omega Weapon』很危險。你千萬要小心，不要被拉得太深入了。」

聽到晶悄聲說的這幾句話，最先有了反應的，是坐在餐桌對面的Petit Paquet三人組的三登聖實。

「晶姊，妳說的Omega Weapon這個外號，是什麼意思啊？」

「因為遇到就完了。」

「…………？」

坐在聖實兩側的志帆子與結芽似乎也聽不懂，同時歪了歪頭。春雪也覺得不太能意會，但會說一被她挑戰就完蛋，多半就是早年超頻連線者切身的感受。削鐵如泥且無法防禦的「Omega流」要如何應對，連好歹算是入了門的春雪也一時間想不出辦法。不斷拉開距離來進行遠程攻擊……相信這種不怎麼動腦的策略，對Sentry不會管用。

不，要說無法防禦，黑之王的「終結劍（Terminate Sword）」也是一樣。既然如此，是不是能用一樣的方法來對應呢？用把對方的攻擊帶進劃圓運動的「以柔克剛」，以及連針對這種劃圓運動也能找出「極微」的Omega流，哪一方的理路會優先呢？

春雪右手拿著雞腿骨陷入思索，耳邊聽見晶更加壓低的說話聲。

「……只是話說回來，她竟然沒點數全失，真令人吃驚。不知道之前她都在哪裡做些什麼。」

「咦？請問妳是說誰？」

春雪這麼一反問，晶的表情就轉為納悶。

「這還用問嗎？當然是說Sentry。」

「…………」

春雪先張大了嘴，然後才發現。現在待在這裡的老資格超頻連線者，全都認為Sentry在三年半前與藍之王Blue Knight的那一戰中，其實並未點數全失而活下來。這也難怪，畢竟若非親眼看見，春雪也不會相信有人點數全失之後還能復活。

他心想，不知道瀨利對這部分到底打算如何解釋，視線再度看向客廳，但只見她一臉不在乎地吃著煙燻鮭魚小圓餅。這次暴露身分明明應該完全出乎她的意料，卻還如此鎮定，這膽識實在驚人。

排在沙發對面的坐墊上，則坐著仁子、Pard小姐、綸與千百合，針對排滿了整張矮桌的菜色東聊聊西聊聊。春雪也想吃小圓餅，但他沒有膽識闖進那個區域。

眼前既然瀨利不提，也就不能由春雪擅自回答晶的疑問，所以他不著痕跡地換了個話題。

「請問……今天這些餐點，是大家各自帶來的嗎？」

結果回答他的不是晶，而是志帆子。

「是啊！Bell……千百合大概四點左右聯絡我，說要辦送行會，六點在高圓寺車站集合，歡迎大家自行準備餐點來分洗，所以我就趕緊做了這個帶來。」

「啊，這紐澳良烤雞，是休可做的啊？」

「嗯，味道怎麼樣？」

「很……很好吃啊，非常好吃。妳做甜點以外的東西，廚藝也這麼好啊。」

「嘻嘻，有請媽媽幫忙了一下就是。」

志帆子笑得靦腆，結芽突然拿起墨西哥薄餅捲塞進她嘴裡。

「唔唔、唔唔唔唔！」

「好好好，禁止創造兩人世界～」

春雪正想喊說我們才沒有創造這種東西，但聖實搶先賊笑著說：

「Bell發了郵件來之後，志帆緊接著也發了郵件來。上面說她絕對要去，所以我和結芽也一定要來！」

「唔唔～！」

志帆子含著薄餅捲，滿臉通紅，但仍摀住了聖實的嘴。累看到她們這樣，以半傻眼半覺得溫馨似的表情開了口：

「雖然輪不到我來評論，不過短短兩小時之前的聯絡，真虧你們可以聚集到這麼多人。

Pile不是還要參加社團活動嗎？」

被她視線鎖定的拓武，立刻搖了搖頭。

「不，昨天是大賽，所以今天是休養日。從明天起又要每天練習就是了。」

「哎呀，那今晚你得好好睡覺才行吧？有辦法參加五點的印堤攻略戰嗎？」

「那當然。因為應該也有一些事情是我辦得到的。」

聽到拓武這個回答的瞬間，春雪忍不住插嘴。

「抱歉啦阿拓，我想我其實應該暫時把輝明劍讓渡給你，讓你擔任攻擊手的……」

「喂喂，你在說什麼啊？」

拓武在眼鏡下睜圓了眼睛，伸出左手，拍了拍春雪的肩膀。

「借來的強化外裝不是一朝一夕就能用得好，這點小春也知道吧？而且，這次是五大軍團的聯合作戰，比我強得多的劍手多得是。我總不能當鈷錳姊妹和Decurion他們不存在，自己搶著出風頭吧。」

「不，純粹就劍技來說……」

是阿拓比較高竿。但這句話春雪吞了下去。Cyan Pile的蒼刃劍是心念，所以在正規對戰中不能用。除非Pile取得新的劍型強化外裝，否則就沒有辦法和鈷錳姊妹或其他劍手較量劍技。

拓武彷彿看穿了春雪的心思，以平靜的聲調說：

「我的對戰虛擬角色不是用劍……我也曾經因此覺得很無奈，但最近我開始覺得這件事本身也有著很重要的意義。一切都要從愛自己的虛擬角色開始……不是嗎？」

「就是這樣說。」

這個答得簡潔的人是晶。她擁有的對戰虛擬角色，多半是在場所有超頻連線者當中最特異的一個，而她先搖響了裝著冰塊與水的玻璃杯之後再繼續說：

「『同等級總潛力相等的原則』終究是指對戰虛擬角色的數值規格，至於超頻連線者本人的能力、個性、興趣嗜好能有多符合，特殊能力與必殺技好不好用，或是單純的外觀帥不帥氣，終究還是有差距。但如果只對這些事情覺得不滿，虛擬角色自己也會渾濁。羨慕別人、恨別人，久而久之，就會困在心念的黑暗面裡。」

「聽得我耳朵都痛了（註：日語中耳朵痛也可指「被指責得心虛」）。」

累就像實際上承受著痛楚似的喃喃說道：

「我一直覺得，這種差距就是BRAIN BURST這個遊戲的致命缺陷，以為ＩＳＳ套件就是能夠填補這種差距，導正這個遊戲……導正這個世界的工具……——可是，完全均質的世界，根本就只是更扭曲。如果能夠把與別人的差異當成一種個性來予以肯定，虛擬角色總有一天一定會有所回應。如果我能早點發現這件事，就不用折磨那麼多超頻連線者了……」

不知不覺間，坐在客廳的八個人也已經閉上嘴，將視線投往待在餐桌這邊的春雪等人身上。就看到難得穿膝上裙的綸從坐墊上站起，雙拳在身前用力握緊，說到：

「家兄……Ash Roller，才沒有……恨妳！」

綸在兩天前的週六，也說過大同小異的話。當時她為了加入黑暗星雲而來到有田家，聽到累為了讓ＩＳＳ套件寄生到許多超頻連線者身上而道歉時，就以Ash語喊說：「Nothing值得妳困在已經過去的事情Forever！」但今天綸是用自己的話，對累訴說。

「Magenta姊，不是為了自己，是為了Avocado哥，還有其他超頻連線者，才這麼努力，這件事在場的所有人都很……清楚。該負起這責任的，是做出套件的，加速研究社。我和哥哥，都最喜歡，正常的對戰……好想，趕快和Magenta姊，也能正常對戰，有時候為打贏高興，有時候為打輸懊惱……所以……所以…………」

綸說不下去，她的「上輩」楓子，輕輕將手放到她肩上。

「是啊，趕快把加速研究社和Black Vise，順便也把白之王也給痛扁一頓，讓大家又可以正常享受對戰的樂趣吧──劍鬼，我可以當作妳也是為了這個目的而來的嗎？」

被楓子叫到外號，瀨利始終冷靜地回答：

「也行，畢竟我跟Cosmos也有帳要算。」

咦……是這樣嗎？

春雪不敢問出這個問題，盯著瀨利的臉看。兩人一瞬間視線交會，但看不出她說這句話的真心。她指的是就像她和楓子之間那樣的對戰勝敗場數，還是有更深的恩怨呢？

這陣充滿疑念的寂靜，被仁子渾不當一回事的聲音打破。

「餐點都吃得差不多了！差不多該上甜點啦！」

「就等妳這句話！」

千百合這麼回應，大聲拍了拍手。

「那，空的盤子全都拿到廚房去！」

春雪追向一邊裝備圍裙一邊走向廚房的兒時玩伴。

「我……我也來幫忙洗。」

「今天是小春的送行會，你乖乖坐著吧！」

千百合這麼說的同時，拓武已經從身後抓住春雪的雙肩。

「就是啊，主賓就該穩如泰山。」

在他強健的手臂引導下，春雪也只能乖乖聽話。他移動到黑雪公主等人所坐的沙發，縮起身體坐下。

女生率超過八成不是蓋的，收拾善後的工作進行得十分順暢。有人負責把廚餘收進容器，有人負責端盤子，有人負責洗盤子、擦盤子，各種工作都有效率地分配出去，俐落地逐步整理完畢。廚房裡也內建有洗碗機，但經過百惠伯母鍛鍊的千百合似乎比較習慣手洗。

最後由晶與志帆子分別把餐桌與茶几擦得乾乾淨淨，饗宴的痕跡就此消失得無影無蹤。只是對女生們而言，似乎接下來的部分才是重頭戲。

從冰箱裡出現的，是個大型的蛋糕盒。由Pard小姐輕輕放到餐桌上的這個盒子，聚集了火熱的視線。仁子在一旁自豪地挺起胸膛。

「我和Pard帶來的，是海濱烘焙坊（pâtisserie La Plage）的蛋糕拼盤！」

眾人一齊鼓掌歡呼。

「都是些賣剩的折扣品就是了！」

眾人一起跌倒。但這只是配合仁子的幽默，幾乎所有團員都知道，名店海濱烘焙坊的糕點幾乎不會有剩。

十五人圍繞桌子站著，新的盤子與叉子分配到每個人面前，終於就要解開盒子的封印。一看到裡面裝滿了五彩繽紛的蛋糕，眾人發出了歡呼。切片蛋糕、起司蛋糕、蒙布朗、千層派，還有許許多多其他種類的蛋糕……但裡頭一個巧克力蛋糕都沒有，應該是顧慮到對巧克力過敏的志帆子。

每一種蛋糕看起來都非常好吃，但最亮眼的還是足足放了三顆大顆草莓的海濱烘焙坊招牌點心「草莓迷宮」。不愧是每天下午三點前就會賣完的商品，裡面就只放了一塊。集中在這塊蛋糕上的無數視線激盪出了火花——春雪是這麼覺得。

「嗯……那就先請主賓春雪挑，可以吧？」

黑雪公主提議，眾人都點了點頭。

「是……是嗎……那，我就恭敬不如從命……」

春雪喃喃說著，動起了右手。一邊想著如果自己等級要再高幾級，這種時候才會敢毫不猶豫地直接拿走「草莓迷宮」……一邊指向淋上藍莓果醬的生起司撻。

「我……我挑這個……」

「K。」

Pard小姐以熟練的動作用夾子夾起蛋撻，放到春雪身前的盤子上。

「那麼，接下來就用這個決定，可以吧？」

黑雪公主突然舉起了右拳，讓春雪嚇得差點把起司撻從盤子上摔落。他震驚地心想難道要對戰，但黑雪公主豎起兩根手指，把拳頭換成剪刀。

「我沒意見。」

楓子回答。

「同右。」

晶也點點頭。

眾人的情緒不斷高漲，這時清了清嗓子的人是瀨利。

「我不是你們軍團的人，也沒帶東西來，可以參加嗎？」

「黑暗星雲可不是那種小氣的軍團，才不會因為這種事情排擠人。」

黑雪公主得意地一笑，瀨利也就舉起了右手。

「那我就不客氣了。」

寂靜再度來臨。十四人份的鬥氣激盪翻騰，濺出火花。

「剪刀，石頭～」

黑雪公主伸出拳頭，高高舉起。

「「「布！」」」

6

這場突發性的送行會，在晚上八點結束。

家住得遠的Petit Paquet三人組，以及國小生謠，就由楓子開車送回家；同樣是國小生的仁子，則由Pard小姐騎大型機車載往北方。累與晶搭電車回家，千百合與拓武也回到樓下的自己家去之後，有田家就只剩下了黑雪公主、綸與瀨利三人。

「總覺得不太好意思啊，春雪。」

黑雪公主一邊整理行李，一邊說出這樣的話來，讓春雪連連眨了幾次眼睛。

「咦，什麼不好意思？」

「因為說是送行會，到頭來還是只像平常那樣鬧一鬧就結束。但願你多少有養精蓄銳到就是了。」

「當……當然有了，我現在英氣已經加滿！」

春雪右臂擠出肌肉，他的劍之主就輕聲一笑。

「那，你就好好睡到作戰時刻為止吧。」

「好的！學姊……我一定會把妳從印堤體內救出來！」

「我當然相信你了。可是，千萬不要逞強。一旦覺得危險，就要立刻離開。因為我們要重新進攻幾次都行。」

黑雪公主細心叮嚀，手放上春雪雙肩，用力抓緊。深深點頭之後，退開一步，朝瀨利與綸看了一眼。

「妳們也要搭電車吧？我們一起去車站吧。」

但瀨利聳了聳肩膀否定。

「我不回去。因為我是來教Crow的。」

「……………啥？」

接著綸也靦腆地笑著說：

「這個……我今天，也是打算和大家一起待到早上……」

「…………………啥？」

春雪縮起脖子，看著黑雪公主啞口無言，表情逐漸轉變為憤怒模式。

過了一會兒，托特包從黑雪公主手上咚的一聲落地。她走向沙發，重重坐下，翻起黑色連身裙的裙襬，翹起一條腿。

「那我也不回去。」

「不……不回去？學姊……」

「怎麼？劍鬼和日下部同學你就留下來過夜，卻要趕我走……？」

「不……不是不是！不是這麼回事……我完全ＯＫ，只是想說，不知道寢具夠不夠……」

「這種小問題，解決辦法多得是。」

黑雪公主再度起身，也不拿包包就走向玄關。

「我去樓下買些東西，你們給我安分點！」

喀恰、砰幾聲開關門的聲響響聲，過了一會兒，瀨利搖搖頭說：

「黑暗星雲這軍團還挺有意思的嘛。」

「……是……是啊。」

春雪也只能點頭。

三名女生依序洗澡，最後春雪洗個戰鬥澡再回到客廳時，時間已經過了晚上九點。太陽神印堤攻略作戰預計在早上五點開始，所以還剩八個小時——不，是只剩八個小時。

黑雪公主換上了幾乎及膝的長版Ｔ恤，瀨利則走背心搭配短褲的運動風格，兩人占據了沙發；穿著正規睡衣的綸則乖巧地坐在坐墊上。三人身上都飄散出甜甜的香氣，當春雪畏縮地走近，綸就從茶几上的保冰壺倒了麥茶端給他。

「有田同學，請用。」

「謝……謝謝妳。」

春雪道謝後接過杯子，在綸身旁的坐墊跪坐好，才喝了一口。冰涼的麥茶透進發熱的身體，讓他忍不住鬆了一口氣，但他完全不是處在可以由衷放鬆的狀況。有楓子在的時候還會居中緩衝，但黑雪公主與Centaurea Sentry則似乎是不折不扣的水火不容，多半不是這麼簡單就能打成一片。並肩坐在沙發上的這兩人，也真的不但不談話，連視線都不交會。

照這樣下去，到底要到幾時才能說明Sentry是從點數全失狀態復活的呢……正當春雪煩惱著這件事時……

「妳本名的姓氏跟名字，要叫哪一邊才好？」

黑雪公主之前一貫稱瀨利為「劍鬼」，突然問起這個問題。瀨利把不如黑雪公主長的長髮綁成馬尾，以找樂子似的表情回答：

「叫我瀨利就好。叫妳黑雪公主就可以？」

「拿掉公主兩字也行。」

「那我就叫妳黑雪。就算這樣也是我名字的兩倍長了。」（註：日文中瀨利的讀音「せり」有兩個音節，黑雪「くろゆき」則有四個音節）

「隨妳高興。」

兩人達成共識後，同時喝了口麥茶。春雪滿心祈禱這衝突低盪狀態能繼續維持，但黑雪公主接著問出的問題，卻突然觸及核心。

「那瀨利……妳所謂要幫春雪修行，大概要花多少時間？」

瀨利想了一瞬間之後回答：

「得看Crow的造化，不過我看大概三個小時左右吧。」

「這……不是內部時間吧？」

「那還用說？在裡頭就是四個月。有這樣的時間，就算達不到『Omega流』的真髓，應該也能抓住一點點初步的訣竅……也許吧。」

瀨利的話讓春雪垂頭喪氣，黑雪公主則莫名地表情緩和下來。

「『Omega流無遺劍』是吧……好懷念啊。很多超頻連線者說是邪道，但我可不討厭。」

「黑雪妳的四肢劍也差不多……不，還更凶惡嘛。」

「喂，我的『終結劍』可是正當的特殊能力。但Omega流明明就是遊走邊緣到了極點的旁門左道。」

「請……請問！」

春雪開始擔心自己要學的到底是什麼樣的東西，忍不住插嘴。

「請問，遊走邊緣，是什麼意思……？」

結果瀨利輕巧地翹起修長的腿，腳趾夾住拖鞋晃啊晃的說：

「Crow應該已經能夠理解一點點，我的Omega流，說到極致，並不是用劍在斬切。」

「……不……不然是用什麼？」

「理論。只要能夠將極大加諸於極微上，就能讓攻擊力瞬間達到無限大。透過體現這樣的理論，無論岩石還是鐵都能切開……可是這裡就被人挑毛病了。」

「挑毛病……？什麼樣的毛病？」

「說很像心念。」

瀨利哼了一聲，用很快的速度說了一大串：

「有夠失禮。心念（Incarnate）系統是透過強烈想像亦來不可能發生的現象來硬推結果過關，從頭到尾都是『把不講理硬推過關就能讓原理退縮』的手法吧？用理論，也就是用原理來斬切的Omega流，是處在相反的極端。證據就是連斬切的時候，劍都不會發出那種沒品的光吧。」

的確，以前紅之王仁子在春雪與拓武找她指導心念時就說過。說必殺技和心念的差別，就在於計量表不會減少，以及會發光。當然發光也有理由，據說這種稱為「過剩光（Overlay）」的光芒，是使用者強烈的想像通過對戰虛擬角色的控制系統時，有過剩的訊號溢出，所以系統當成特效光來處理。

但春雪在前不久才看過幾乎不會發光的心念。那是同屬用劍高手Graphite Edge的——

「可……可是瀨利姊，妳說的這『用理論斬切』，跟心念的第三階段是不是有點像？記得那也是不太會發光吧？」

「……還真給你戳到了痛處。」

瀨利皺起眉頭，輕輕揮了揮右手。

「的確，第三階段心念關鍵所在的『絕對理論』，說起來就是只要結合原理和不講理就是最強，所以和Omega流的骨幹倒也不是沒有共通點。可是最根本的地方還是不一樣……至於怎麼個不一樣，等你的修行進行到一定程度，我再解釋給你聽。」

瀨利先吊了吊春雪胃口，然後往身旁看了一眼。

「倒是黑雪，Crow才6級，妳已經在指導他第三階段的心念了？」

「不是我。秀給他看的是『矛盾存在』。」

黑雪公主也皺起眉頭，和瀨利一樣翹起一條腿。長版T恤的衣襬下露出雪白的大腿，讓春雪反射性撇開眼睛。昨晚一起洗澡的時候，早就不只大腿，什麼都看過了，但就算是這樣，也完全不表示他從此有了抵抗力。

所幸黑雪公主她們並未發現春雪的舉止，只聽見瀨利語帶苦笑地說了：

「原來如此啊。今天他好像沒來，不過很高興知道他過得很好。」

「畢竟他現在是『六層裝甲（Six Armor）』的第一把交椅。」

「哎呀呀……我不在的時候，發生了很多事情啊。」

黑雪公主對瀨利這句話遲遲不回應，所以春雪抬眼朝茶几對面窺看過去。

結果看到黑雪公主拿著裝了麥茶的玻璃杯轉啊轉的，讓裡頭的冰塊碰響了好一會兒後，全身轉過來面對瀨利，說道：

「Sentry……妳這三年多來，都在哪裡做些什麼？我還以為妳被Knight討伐，點數全失了……而且，為什麼妳有這樣的本事，卻還去碰災禍之鎧……？」

這次換瀨利沉默了。

她把翹起的腳放下來，上身前傾。微微張開嘴，又再度閉上，然後又張開：

「……第一個問題，我就等和Cosmos相關的問題解決之後再回答妳。因為我也有很多事情要想清楚……但是第二個問題，我可以回答一部分。」

她頓了頓之後——

「災禍之鎧，是只要打倒自己的人心中有著深沉的黑暗，就會直接掉進這人的物品欄(Storage)；如果心中沒有黑暗，則會讓碎片寄生上去，然後等待融合的時機。打倒第一代……也就是『Magnesium Drake』的時候，我的確也能斬去企圖寄生在我身上的碎片。可是，我就是下不了手。因為從某種角度來說，『鎧甲』就是我製造出來的。」

「什麼……？妳這話是什麼意思……」

黑雪公主驚呼的同時，春雪也大喊：

「咦……是瀨利姊？可是，那個時候，妳應該沒出現在那個地方。白之王與Black Vise對Suffron Blossom設下圈套，用無限ＥＫ讓她點數全失的那個地方……」

「對，我沒在場。那就是我的罪……」

瀨利輕聲說完，把臉埋到膝蓋上。

春雪無法理解她這句話的意思。Suffron Blossom與Chrome Falcon這兩人與瀨利之間，是不是有什麼關連？即使真是如此，Suffron被白之王殺害，是加速世界裡非常早期的事情。即使Sentry再怎麼老資格，應該也還不像現在這麼強，就算闖進去，不會只是平白多犧牲一個人嗎？

黑雪公主也露出不解的表情，但她遲疑了幾次之後，伸出左手，放上了瀨利的背。

「……抱歉，看來我問了沒神經的問題。我不會再問妳接受鎧甲的理由，可是，只有一件事請妳告訴我。鎧甲從被Knight討伐的妳，移動到第四代……移動到『暴食者（Devourer）』身上，是為什麼？」

Devourer這個稱呼，春雪是第一次聽見，但多半就是大家為第四代Chrome Disaster取的外號。瀨利慢慢抬起頭，視線在空中遊蕩了一會兒後，微微搖頭。

「對不起，這我也不知道。我實在不覺得Knight的心中會有黑暗，所以鎧甲應該會試圖寄生在他身上。但Knight防止了寄生，然後碎片透過某種手段接觸到了Devourer……不知道是不是這麼回事……」

「唔。然後Devourer被包括我在內的討伐部隊打倒，鎧甲掉進了黃之王的物品欄裡。雖然我根本不想知道Radio心中的黑暗是怎麼回事，但他自己不裝備鎧甲，長期隱匿到最後，交給了日珥的Cherry Rook。而成了第五代的Rook被春雪打倒，這次寄生到春雪身上……所以到了他手上，這足足持續了六代的悲劇連鎖才總算被截斷啊……」

黑雪公主閉上嘴的同時，春雪全身一震。事到如今，他才自覺到能夠擺脫鎧甲的支配，真的是千鈞一髮的奇蹟。若不是有黑雪公主挺身阻止春雪，又有Suffron與Falcon在鎧甲裡頭指引他，他是不可能擺脫那黑暗的。

雖然再也不想經歷，但多半就是災禍之鎧在春雪與瀨利之間建立高次元連結，引發了從點數全失的狀態下復活的奇蹟……應該是吧。而春雪也無法真心去恨災禍之鎧，以及裡頭的「野獸」。這強化外裝是在加速研究社的陰謀下誕生，本來不應該存在，但對於鎧甲經過Ardor Maiden淨化卻仍未完全消滅這件事，他就是會忍不住慶幸……說什麼都會慶幸。

「欸，鎧甲……『The Disaster』最後怎麼樣了？」

聽到這樣的話，春雪抬起不知不覺間垂下的頭一看，發現瀨利直視著他。他一瞬間慌了，但發現不需要保密，於是回答說：

「呃……Disaster被淨化，變回了原本的『The Destiny』，所以和長劍『Star Caster』一起封印在一間玩家住宅裡。住家的鑰匙也一起封印進去，所以再也沒有任何人可以拿到。」

「…………這樣啊。」

瀨利點點頭，露出恢復記憶以來最溫暖的笑容，點了點頭。

「太好了。這樣一來，我就可以心無罣礙地鍛鍊Crow了。」

「咿……！」

春雪縮起脖子，接著連黑雪公主都一臉不在乎的表情說：

「春雪，我不會再對你學Omega流的決定說三道四。可是既然要學，就不能半吊子。」

「瀨利，我的『下輩』就有勞妳多照顧了。你們要馬上開始嗎？」

「好……好的……」

「我想想……」

瀨利被黑雪公主問到，先看著春雪好一會兒，然後搖搖頭說：

「不，還是先睡一下再開始吧。Crow今天也發生了很多事情，應該很累了。」

「唔，說得也是。」

黑雪公主點點頭，朝現在時刻瞥了一眼。

「那麼，我們就睡到凌晨一點半，然後再開始修行吧。春雪，不好意思……」

「好……好的！」

春雪整個人彈起來，朝三人說到：

「呃，就請妳們當中的兩位睡我媽媽的床，另一位就不好意思，要睡這邊的沙發……」

他這麼提議，是預測多半會由綸與黑雪公主睡床，但說到一半就被打斷。

「不，像之前那樣大家一起睡大通鋪就好。如果有棉被可以借我們蓋就太感謝了。」

「咦……這……這樣啊？那……請等一下。」

春雪走出客廳，前往位於走廊另一頭的母親房間。為防萬一，從巨大的衣櫃裡拿出四條毛毯，然後折回。

「這個，請用。」

他把毛毯發給黑雪公主等人一人一條，然後把預備的一條放到茶几上，再度退開。

「那，我回自己房間睡……如果有什麼事，請用郵件還是直接呼叫我。」

最後正要說一句晚安，結果又被黑雪公主攔截。

「不，你也在這裡睡。」

「是喔……等等，咦……咦咦咦咦！為什麼？」

「為了安全理由。」

「可……可是，這，實在……」

他求救似的向瀨利與綸，但兩人都一臉稀鬆平常。

「也好，這樣要潛行的時候也省事。」

瀨利這麼說。

「一起睡，才開心。」

連綸都這麼說，春雪再也沒有退路。忍不住心想……拿四條毛毯來，還真是拿對了。

本來覺得至少可以有一個人睡沙發，但黑雪公主她們把坐墊放在方形地毯的角落當成枕頭，圍著茶几形成一個ㄇ字形躺下。因此春雪也只能去到空著的地方，把ㄇ字形補成口字形。所幸地毯算是大型，還能維持最低限度的距離，而且加厚的芯材毛茸茸的，多半也不會睡得背痛。

春雪確定所有人都已經在各自的位子躺好後，打開家用伺服器的管理視窗，關掉客廳的燈。窗簾全都已經拉上，但現在才九點半，所以縫隙間有來自高圓寺車站方面的路燈燈光射進來，不至於伸手不見五指。

即使如此，當他把頭靠到坐墊上，全身放鬆，思緒立刻開始輕飄飄地擴散開來。雖然發現脖子上還戴著神經連結裝置，但已經連解下來放到茶几上都懶。他心想反正到一點半，也只剩四個小時可以睡，也就放棄掙扎，心想戴著睡也好，把毛毯拉到脖子的高度，閉上了眼睛。

瀨利也說過，今天真的發生了很多事。會覺得與Rose Milady一起去救Orchid Oracle，已經是很久以前的事情。

但這一連串的騷動，就快要結束了。

從上午五點開始的作戰中，只要能夠打倒印堤，或是至少讓它從現在的位置上移開，就能將包括黑雪公主在內的五個王從無限ＥＫ狀態中解救出來。之後就要展開對白之團的總攻擊，這些年來策劃過許多惡行的加速研究社，終於要停止他們的圖謀。

——對喔，玫瑰蜜炸奶球是什麼啊……

這些漫無邊際的念頭就像泡泡似的破掉後，春雪的意識就漸漸落入溫暖的黑暗當中。

可是，短短十分鐘後。

一陣有東西在動的感覺，讓春雪醒了過來。

「…………？」

毯子裡有東西在動。他睡昏頭的腦袋想著，是不是有貓跑進來……然後才想起，有田家根本沒有養貓。

那會是什麼呢？春雪掀起毛毯，朝身體右側一看。

結果看到待在裡頭的，不是貓，不是狗，也不是蜥蜴，而是一個有著蓬鬆短髮的女生——日下部綸。

「綸……」

他的意識瞬間完全覺醒，正要喊說綸同學妳做什麼，就有一根纖細的食指堵住了春雪的嘴。綸臉上露出慧黠的微笑，靠近睡在另一邊的春雪脖子，手上握著ＸＳＢ傳輸線的接頭。

隨著喀一聲輕輕的感覺傳來，視野中顯示出有線式連線警語。同時腦中傳來說話的聲音。

「對不起，吵醒你了。」

春雪也立刻送出思考發聲回答。

「這……這是沒關係，可是綸同學，到底……」

「因為，今天，我跟有田同學根本都沒能說到話……」

的確，她說得沒錯。送行會中兩人坐的位置分得很開，只剩三人時也一直在談實務問題，綸完全沒有機會發言。但就算是這樣，一個國中二年級女生做出鑽進男生被窩裡這種事情，是不是不太——

春雪尚未將這樣的思考化為語音送出，綸就整個人緊貼到春雪身上，右手繞上他肩膀。

『我……決定今天，一定要跟你單獨談談。』

『談……談談？要談什麼？』

明明是思考發聲卻口吃起來，但春雪仍然問出了這個問題，而綸只把全身貼上來，並不立刻回答。春雪身上只穿著一件Ｔ恤，綸的睡衣材質又薄，所以碰在一起的部分幾乎沒有受到阻隔的感覺，一種無以言喻的柔軟，衝擊春雪的神經系統。

不是說女性超頻連線者都很怕和活生生的男生相處嗎！春雪以不構成思考發聲的聲音暗叫。綸更加用力抱了上來。她把額頭抵在春雪胸膛上好一會兒，然後才以仰望的姿勢輕聲說：

「……我應該說過，我喜歡有田同學……吧？」

「…………………」

這次春雪真的什麼話也答不出來，當場僵住。

的確，綸是對春雪說過。

一個多月前，為了幫助受到ＩＳＳ套件裝備者攻擊的Ash Roller與Bush Utan，春雪自己決定裝備上災禍之鎧，成為第六代Chrome Disaster。回到現實世界後，春雪將這件事告知黑雪公主等人，把同伴們關在這家裡，拔腿就跑。當春雪正要走出一樓的購物中心，出現在他面前的，就是日下部綸。

綸揭曉自己就是Ash Roller的事，一路去到位於公寓大樓地下二樓的停車場內楓子的車裡，在裡面對春雪告白，說自己喜歡他。

之後足足過了一個月，春雪仍未好好回答綸的表白。雖說有著許多事件接二連三發生，但身為一個男生，這樣多半是天理難容。

「綸同學……」

春雪喃喃發聲，但──

綸的手指再度按上他的嘴唇。

「沒關係的……我不打算，催你回答。」

「可是……我……」

「因為有田同學，有非常重要的職責要去做。妨礙你……就不好了。只是……」

綸停頓了一會兒後，整張臉笑了開來。

「只是，我會想說，希望你不要忘了我說過，我喜歡你……今天，我就只是想告訴你這件事。」

「我不會忘的！」

春雪差點忍不住喊出聲音來，總算只用思念這樣回答，然後戰戰兢兢地把自己的手放上綸的右肩。

「我……承蒙妳說妳喜歡我，我很開心。這是千真萬確的。雖然現在，我還沒有辦法喜歡我自己……可是，總有一天，等我跨過這一步……」

說到這裡，春雪的言語化能力就已經用盡，但綸睜大的眼睛裡微微透出淚水，點了點頭。

苗條的手繞到春雪背後。綸將身體挪動十公分左右，將臉移到春雪面前。她嘴唇顫動，似乎想用肉聲說話，但發不出話語。轉而將臉慢慢地、慢慢地拉近。甜美而火熱的氣息擾得春雪臉頰微癢——

就在這時。

嵌入客廳天花板的崁燈，全都發出明亮的光。

蓋住兩人的毛毯被強行扯去。春雪嚇得上半身差點騰空挪起，雷霆般的喝叱就落了下來。

「——你們搞什麼！」

喊出這句話的，是威風凜凜站在春雪頭上的黑雪公主。她彎下腰，湊近過去盯著兩人的臉看，同時發出第二擊。

「都已經為了擔保安全而睡在同一個房間，你們還真的是讓人片刻都不能大意！你們以為國中生可以做這種事情嗎！」

——不，學姊，妳昨天不是都殺進浴室了嗎？

但春雪說不出這句話，僵在原地不動，綸就維持躺著的姿勢「嘻嘻」笑了幾聲。到了這個時候，瀨利才直挺挺地從茶几另一頭起身，發出愛睏的說話聲音：

「怎麼？趁夜偷襲嗎？」

在黑雪公主的指示下，為了更加確保安全，決定收走茶几，四個人在地毯正中央並排著睡。依序是綸、黑雪公主、春雪、瀨利。而且左右距離很近，春雪暗自呼喊這種隊形哪有辦法睡著，然而……

大腦的續航力似乎已經到了盡頭，一閉上眼睛，意識隨即消失。春雪連夢也沒作，直睡到凌晨一點半。

7

「起來，時間到了。」

在這句輕聲細語中，身體被人搖動，讓春雪猛然睜開了眼睛。

他通常平均睡七小時左右，本以為只剩一半的睡眠時間會不夠，但腦子硬是十分清醒。在昏暗的藍光中坐起上身，看見瀨利的臉已經挨在身體左邊。

「早安……」

輕聲回答後往右側一看，黑雪公主與綸都發出安祥的輕微鼾聲。時間已經從一點半過了三秒左右，但兩人都沒有要醒來的跡象。

「咦……是鬧鐘，沒響嗎……」

春雪喃喃一說，瀨利就說出令他意想不到的話。

「是我在五分鐘前起床，拔掉了她們的神經連結裝置。」

「咦……為什麼……？」

「黑雪又不能進無限制空間，而且要修行的人也不是小綸，所以就讓她們睡到早上吧。」

「說得也是……雖然等她們醒來，我大概又會被罵……」

「只要你好好修行完畢，她們也會為你開心吧。」

「…………是。」

春雪點點頭，瀨利就朝他遞出裝了冰水的玻璃杯，也不知道她是什麼時候倒好的。他小聲道謝接過，喝了半杯。把杯子還回去後，瀨利毫不猶豫地把剩下的水喝完，無聲無息地放到茶几上。

「不用去上廁所？」

「是，我睡前就上過了。」

「那，我們開始嘍。」

瀨利這麼一宣告，再度躺了下來。春雪也把頭靠回坐墊上，兩人先設定好三小時後自動斷線，然後春雪往左一看。瀨利以右手比出五，然後手指一根一根折起。配合倒數計時，以最低限度的音量說出指令……

「「無限超頻。」」

七月二十三日，凌晨一點三十分。

春雪為了進行多半是他目前最長的一次長時間潛行，來到了無限制中立空間。

對戰虛擬角色Silver Crow銀色面罩下的鏡頭眼一看，耀眼的陽光就燒灼著虛擬的視網膜。頭上一整片天空都是深邃的藍色，太陽高掛在中天，發出強烈的光芒。住家所在的公寓大樓化為泛白的岩山，春雪似乎就站在這山頂。會從室內被挪出來，就表示岩山沒有內部構造，所以不是「沙塵」空間。但看來卻又不像是「荒野」或「沙漠」。

「不知道這是什麼屬性……」

他喃喃說完，就聽到背後有人說話。

「你小子抽到罕見的了。這是『鹽湖』空間。」

春雪急忙回過身去，結果好一會兒說不出話來。

菱形護目鏡遮住臉孔，薄薄的裝甲貼在虛擬的身體上，一頭長髮垂到背上。這些外型都和他在Highest Level所看到的身影一模一樣。

但妝點裝甲的清澈寶石藍，搭配上反射陽光的白銀頭髮，這樣的對比遠比春雪想像中更美。他看過的藍色系虛擬角色多得數不清，但總覺得是第一次看到這種通透的色澤。

「……比藍之王還要藍說……」

春雪這麼一說，「劍鬼」、「阿修羅」、「Omega Weapon」——也就是Centaurea Sentry苦笑著回答：

「然而Blue的名稱被他先搶走了啊。雖然我也不會想要……因為我，對得到花的名稱而誕生這件事很自豪。」

「既然這樣，妳和Rose Milady姊跟Orchid Oracle姊多半也會合得來呢。」

春雪只是隨口說起，但Sentry不否認也不承認。持續了一會兒的沉默，被喀的一聲腳步聲打破。

Sentry用她那雖然不及Purple Thorn但鞋跟仍然很高的高跟鞋開始走了起來，春雪也跟了過去。兩人穿越岩山的平頂，走到南側邊緣。

一俯瞰整個空間，春雪再度倒抽一口氣。

其他建築物全都化為白色的岩山，這樣的景色並不稀奇，但寬度很寬的環狀七號線就像鏡子似的映出了藍天。仔細一看，上面似乎積著一層淺淺的水，但反射率高得非比尋常。公寓大樓前的環狀七號線本來應該有著平緩的坡度，但在這個屬性下，地形的坡度似乎經過平均化。

「嗚哇……跟『水域』屬性很像，但藍的程度完全不一樣呢。既然說是鹽湖，那些就全都是鹽水了？」

「可不只是水。」

Sentry說著用右腳的鞋跟，往岩山表面用力一踢。她從裂開的地方撿起一塊小小的碎片，遞向春雪的嘴。春雪反射性地張開嘴，護目鏡下半部咻的一聲滑開，碎片扔進他嘴裡。

「唔……嗚噁，好鹹！」

強烈的鹹味讓春雪瞪大眼睛，Sentry就愉悅地笑了笑。

「哈哈哈……明白了吧，空間裡冒出的岩山也都是岩鹽。還好你小子是銀，如果是鐵系的金屬性角色，生鏽速度可是很快的。」

「呃，銀也會生鏽啦！」

春雪呸呸連聲地想吐出岩鹽，但似乎已經吞下了肚。他告訴自己說，所有人的虛擬身體都是共通的，應該不至於從體內往外生鏽……然後再度環顧整個空間。

正當他心想，既然地上全都鋪著一層鹽水，要修行似乎會不太方便——

「……這個空氣……風吹上裝甲的這種感覺……」

身旁的Sentry喃喃自語，深呼吸似的大大攤開雙手。

「我真的回來了啊……」

春雪這才想起，對Centaurea Sentry而言，她對這無限制中立空間已經睽違三年半，於是整個身體轉過去，鄭重說道：

「呃……這個，瀨利姊，歡迎回來。」

「哪有人會在這邊用本名叫人。」

Sentry先這麼抱怨一句，然後維持攤開雙手的姿勢，朝春雪走上一步。

突然強而有力地給了他一個擁抱。

兩人都披著堅硬的裝甲，春雪卻莫名感受到一股柔韌的彈力，一口氣喘不過來。他戰戰兢兢舉起雙手，繞到Sentry背上。過了一會兒後，耳邊聽見一陣輕聲細語。

「謝謝你，Silver Crow。我花了很長的時間準備，但其實並未真心相信，能再看到這個光景的一天真的會來臨。全都多虧了你……」

Sentry以難保不會讓體力計量表減損的力道緊緊抱住春雪後，總算放開了雙手。接著退開兩步，歪了歪頭。

「你僵在那邊做什麼？」

「沒……沒有，這個，因為我有點沒想到妳會做出這種動作……」

「連我『上輩』都說，沒想到我這麼激情。」

「上輩……」

會是誰呢？Sentry不給春雪機會問出這個問題，雙手一拍。

「好了，雖說時間很充裕，但可不至於太多。我們差不多該進入正題了吧。」

「好……好的！」

本以為終於要開始修習Omega流，然而……

「首先，我們先去看一看吧。」

這次換春雪對Sentry的話歪頭納悶。

「看……要看什麼？」

「想也知道，去看那個滾球……印堤啊。」

Sentry說完，就從岩山邊緣縱身一跳，讓春雪嚇得慌了。

「哇……哇啊！這裡可是最高樓啊！」

他急忙往下一看，結果——

Sentry白銀的長髮張成半圓形，以慢得沒道理的速度緩緩下降。春雪也攤開翅膀一跳，以滑翔追上去問起：

「請……請問妳為什麼不會一下子就掉下去？」

「這是特殊能力『如羽落（Feather Fall）』。」

聽到她若無其事說出的答案，春雪好一會兒說不出話來。從字面看來，多半並不是可以自由飛行，但若這是常態發動型的特殊能力，那麼哪怕是從東京鐵塔遺址往下跳，也不用受到高處墜落的傷害。

「好……好厲害的能力……」

「輪不到你來說我。」

兩人說著說著，藍色的水面漸漸接近。不只是道路，連公寓的外圍占地也全都積了水，沒有適合著地的落腳處。春雪祈禱著但願水不要太深，落到了鏡子般的水面。噗通一聲悶響，春雪的雙腳踏破了鏡子裡的天空。

所幸鹽水的深度只有十公分左右，裝甲也並未立刻生鏽。春雪鬆了一口氣抬頭一看，看見Sentry那直到剛才都還只比自己高了五公分的臉孔，現在卻位於十五公分上方。

反射性的往下一看，Sentry的雙腳並未沉入鹽水中。她的鞋跟碰出小小的漣漪，穩穩踏在水面上。

「請……請問妳為什麼不會沉下去？」

「這是特殊能力『水上漂(Surface Walk)』。」

「…………」

春雪已經無話可說。

從杉並區的高圓寺，到太陽神印堤被固定的千代田戰區北之丸公園，若從地上前進，距離達到十公里以上。而且所有道路都泡在飽和濃度的鹽水裡，難走到了極點。相信漂在水面上的Sentry，也跑不出乾燥地面上時能有的速度。

因此春雪提議，由他抱住Sentry，一路飛到北之丸公園，然而……

「不，最好不要。」

提議遭到駁回，讓春雪在護目鏡下連連眨眼。

「咦……請……請問是為什麼？」

「震盪宇宙多半正用某種手段監視印堤四周。如果從空中接近，馬上就會被發現。」

「啊……的……的確……」

「雖然就算被發現，多半也不會立刻遭到攻擊，但畢竟重要的作戰就快要開始，打草驚蛇沒有好處。」

「……了解。」

春雪告訴自己說，我不是來玩的，點了點頭。一切都是為了救出黑雪公主……在鹽水裡走上十幾二十公里，根本沒什麼大不了的。

「那，我們走吧！」

春雪毅然決然抬起頭，踏出噗通作響的腳步，在環七的步道上開始行走，然而……

「喂，誰說你可以用走的？」

「……咦？」

回頭一看，站在水面上的Sentry，用腳尖嘩啦一聲踢起了鹽水。

「用跑的用跑的！而且不能只是跑，要在右腳沉下去之前就踏出左腳，儘可能努力延長自己跑在水面上的時間。」

「……那不是只有雙冠蜥才辦得到的把戲嗎……」

「那你就當自己是蜥蜴！只要能在水面上連續走上十步，說不定就能亮燈泡學會『水上漂』喔。」

「咦，是真的嗎？」

春雪立刻充滿幹勁，轉身向前，將意識集中在鏡子般的水面上。他將右腳從鹽水中抽出，腳掌輕輕放上水面。不規則的波紋盪開，腳底傳來微微的接觸感。

Silver Crow雖是金屬色，卻屬於輕量型，所以即使將全身體重放上右腳，要落到水底應該還是會花上一些時間。他要趁這個時間踏出左腳，同樣踩上水面。就算一開始實在跑不到十步，至少也要踏上三步……不，是四步。

「……唔啦！」

春雪大喊一聲，右腳踏實，同時就要將左腳往前踏。

但鹽水的阻力比想像中更強，春雪失去平衡，一頭栽進鹽水裡。啪啦一聲激起盛大的水花，與Sentry的笑聲交融在一起。

經由中野車站進入大久保大道，前往千代田戰區的路上，春雪一心一意地練習水上奔跑。跌了很多次以後，他想到也許訣竅不是在於用力踏上水面，而是要如何緩和自己的重量，但一直走到神樂坂與早稻田大道交會處，能算是跑在水面上的步數卻只有兩步。

剩下的距離是一公里，春雪打算繼續練習，至少在抵達目的地前多增加一步也好，但……

「水上奔跑的修行就先告一段落。接下來正常行走。」

聽Sentry這麼說，春雪發出「咦～」的抗議聲。

「還剩下一公里啊，瀨利姊……不是，我是說師範！我就快要掌握到一些訣竅了！」

「你有這個志氣很好，但我們得把半徑一公里圈內都當成震盪宇宙的警戒範圍才行。最好還是極力低姿態前進。」

「啊……對喔，的確……」

「不過Crow，你果然有點瘋癲啊。」

「咦？」

春雪瞪大了眼睛，Sentry在他背上輕輕一拍。

「別放在心上。我們走。」

Sentry說完，開始在水面上滑行似的行走。她這幾乎連水波都沒踏出來的身法，與其說是劍士，更像是天仙。要達到這個境界，真不知道要進行多少修行……春雪一邊想著這樣的念頭，一邊儘可能避免踏出水聲，從後跟上。

南向的早稻田大道走到底，就是他們目的地所在的北之丸公園，但有無數岩鹽巨塔林立，看不到目的地。即使如此，倒也覺得去路上的天空更加明亮了。

神樂坂的坡度變得十分平緩，簡直讓人覺得現實世界的陡坡都是騙人的。沿著神樂坂一路南下，穿過飯田橋西側，就在前方右側看見一座特別高的岩山。記得是一處叫作飯田橋Grand Bloom的多功能商業設施。

「好，我們就爬那邊上去。」

Sentry說著雙手一攤，於是春雪等著看會發生什麼事。他還以為Sentry是要發揮像Pard小姐的飛簷走壁技能那類的能力，只是──

「你在等什麼？趕快抱我飛到頂上。」

「啊……好……好的……」

──嗯～總覺得已經很習慣這種不講理的感覺了啊。

春雪一邊想著這樣的念頭，一邊輕輕用雙手抱住Sentry的身體。他修習水上奔跑的過程中，多次一頭撞斷岩鹽柱，所以必殺技計量表已經累積到八成以上。他張開背上的銀翼，極力避免讓自己醒目，取幾乎貼在岩山上的路線，慢慢上升。

「哦……這就是你的飛行(Aviation)特殊能力啊。我看你別挑劍，專心磨練這種能力會不會比較好啊？」

「怎……怎麼都這個時候了還說這種話……」

「嘻嘻，開玩笑的。」

兩人輕聲交談時，高度仍在穩穩上升，很快地就看見了岩山的山頂。春雪先轉為懸停，確定上空沒有任何東西後，才在平台狀的山頂降落。

他放開Sentry的身體，站上她身旁，緊接著……

「…………啊啊……」

春雪聽見自己的嘴發出龜裂的說話聲。

短短八百公尺外，禁城北側的一大片鹽湖正中央，一顆巨大的火球發出通紅的光芒。是神獸級公敵——太陽神印提。

其實他微微懷著期待。據說印堤在暴風雨空間與大海空間就不會出現，所以春雪期待若這理由是在於印堤不喜歡大量的水，那麼即使水深很淺，但在鹽湖空間裡，火焰的勢頭或許會稍有減弱。

然而這熊熊燃燒的核融合火焰，和他在現實世界的三十六小時前——在加速世界則是一千五百天前——看到時相比，也沒有任何變化。正當他心想連水蒸氣都沒冒是怎麼回事而凝神一看，發現現場圍繞印堤，築起了一道高約數十公分的白色牆壁，隔開了鹽水。

「……那牆是……？」

春雪喃喃說著，Sentry回答：

「是印堤的熱蒸發了大量的鹽水，只留下了一圈鹽吧。果然那顆滾球的火，用水是滅不了的。」

「就算在大海空間……也一樣嗎？」

「…………不知道。畢竟如果是大海空間的水深，就可以完全蓋過它啊……到時候會發生什麼事情，不看看就不會知道。」

「說得……也是啊。」

春雪點點頭，再度注視印堤本體。

這個直徑長達二十公尺的大火球，吞沒了七個死亡標記。Black Lotus、Green Grandee、Blue Knight、Purple Thorn、Yellow Radio、Black Vise，以及……Wolfram Cerberus。

Cerberus與災禍之鎧Mark Ⅱ完全融合，成了可怕的狂戰士「Wolfram Disaster」，在印堤即將落下前，和綠之王打了個同歸於盡。那個和春雪在正規對戰中打得難分難解的天才新秀已經不見蹤影。即使印堤消失，會復活的也將不是Cerberus，而是Disaster。

既然如此，乾脆讓他就這麼睡在火焰當中，是不是比較好……

春雪揮開了這樣的念頭。印堤非破壞不可。哪怕會因此連Black Vise與Wolfram Disaster都跟著復活，從無限ＥＫ中救出黑雪公主仍是第一優先。因為雖說她能夠參加正規對戰與領土戰爭，但這無限制中立空間，才是加速世界的本質。

「Crow。」

春雪忽然被叫到名字，看向Sentry。

「有……有。」

「我想你也知道，要斬了那玩意兒可不簡單。那玩意兒大歸大，但終究是球體，所以和英靈戰士的鎧甲一樣，可以找出極微，但有耀眼的火焰遮住，看不清楚本體。也就是說，你必須不靠視覺，就發揮出Omega流的真髓。」

「啊…………」

的確就如她所說。

但春雪過去，無論是斬斷Glacier Behemoth的角，還是劈開英靈戰士的鎧甲時，都是將所有精神力集中在視覺上，找出下刀的一點。若要問他閉上雙眼，是否還能做到一樣的事情，他也只能回答絕對辦不到。

「……師範就辦得到嗎？」

春雪忍不住這麼問起，而Sentry隔著護目鏡，瞪了他一眼。

「如果我說辦得到，你小子打算怎麼辦？」

「…………」

把輝明劍交給她，請她替自己擔任攻擊手。

他不能做出這種事。黑暗星雲的伙伴們這麼相信他，將希望託付在他身上，甚至還幫他辦了送行會。

「對不起，請當作我沒說過這件事。」

「哼。」

Sentry哼了一聲，視線再度朝向遠方的大火球。

「我也說了沒意思的話。畢竟不管怎麼說，都非做不可……不要擔心，我會把你鍛鍊到斬得了那玩意兒的程度。」

「──還請多多指教。」

春雪一鞠躬，她輕輕拍了拍他的肩膀。

「嗯。好了，該看的也看過了，我們撤走吧。」

「好的……我們要回杉並嗎？」

「也未必非如此不可。只要是能夠長時間專心修行不受打擾，在哪兒都行，只是……要是離東京太遠，發生不測的事態時就麻煩了。」

「說得也是……」

春雪嘴上這麼回答，一時間卻也想不到什麼符合條件的地方。無限制中立空間裡，哪兒都可能有公敵冒出來，而且春雪他們去得了的地方，其他超頻連線者也去得了。例外大概只有禁城內，但如果想突破四方門卻死掉，後果可不堪設想。

「沒辦法，就去那裡吧。」

Sentry喃喃說起這句話，於是春雪盯著她銳利的護目鏡看。

「妳說那裡是哪裡？」

「跟我來。」

說著她又從屋頂跳了下去。春雪也跟向這個靠特殊能力效果而翩翩飄落的人影。

Sentry下到地面，開始從早稻田大道回向北方。經過飯田橋車站，穿越外堀大道進入神樂坂。然而這次她並不左轉到大久保大道，而是繼續往西北方走。

走到外苑東大道後，就往右折，繼續往北。春雪學不乖地繼續練習水上奔跑，來到新目白大道附近後，突然想到一件事。記得之前請楓子送他到甘泉園公園時，也經過這條路。這也就表示——

「……該不會，是在前往瀨利姊的家？」

春雪對走在前面的Sentry背影這麼一問，得到的是「你猜對了一半」這個神祕的答案。春雪摸不清她的真意，繼續跟向甩動的銀髮。

如果要去現實世界中瀨利的住家，應該要在新目白大道左轉，但Sentry穿越大道，繼續往前走。去路上隨即出現一座比飯田橋Grand Bloom更大的岩山。這座山不只是高，還像一堵高牆似的南北綿延，記得應該是現實世界中一間有名的老牌大飯店。

瀨利毫不猶豫地走向岩山，從中央部分開出的一條細峽谷中穿過。結果眼前出現了一片大約兩百公尺寬的水面。現實中應該是長著無數樹木的大飯店庭園，但在這個空間裡，則只看得到鏡子般的鹽湖映出藍天。

——不，水面正中央左右，籠罩著一陣白茫茫的霧，Sentry朝那兒直線走去。春雪莫名覺得氣氛莊嚴，中斷了水上奔跑的練習。發出水聲一路往前走，看到霧迅速變濃，遮住了視野。

叮鈴……一聲細小的鈴聲響起。

不對，不是鈴聲。聲音的來源，是不知不覺間拎在Sentry右手上的大型鑰匙。她又搖響了一次鑰匙，白色的霧就往左右分開。

「啊……」

一看到這個景象的瞬間，春雪不由得小聲驚呼。

從外側看著鹽湖時，理應空無一物的地方，出現了一棟有著很高的木板圍籬圍住的平房。雄偉的正門還有著瓦片疊成的屋頂，就好像是日式的大宅。

Sentry走向緊閉的大門附近，將右手的鑰匙插進鋼鐵的門鎖。喀恰一聲開鎖聲響起，春雪才總算猜到是這麼回事。

「這裡，是師範的家……？是玩家住宅？」

「正是。」

Sentry點點頭，推開了門。

8

說到無限制中立空間當中的玩家住宅，春雪至今只看過兩個例子。一間是楓子那棟蓋在東京鐵塔遺址的住家楓風庵；另一間則是位於台場曉埠頭公園，Sufron Blossom與Chrome Falcon的家。兩間住宅的設計都很漂亮，但以大小來說，Centaurea Sentry的家實是出類拔萃。

由於現在是鹽湖空間，圍籬內的庭院也泡在水裡，但鹽水映出的這棟日式大宅，左右多半有二十公尺寬。用格局來說，大概是三……不，應該是四房兩廳含廚房吧。黝黑的瓦片屋頂威風堂堂，令人想稱之為武士宅邸。

「……請問這間房子，要花多少點數來買啊……？」

春雪發呆似的杵在庭院中央問起，Sentry聳聳肩膀回答：

「說出來會嚇著你這小子，就不說了。」

「我……我不會嚇到啦。」

「夠了，這種事情根本不重要好嗎？」

「那……那至少告訴我這個……請問這個家也有名字嗎？」

Sentry聽了後，撇開臉把玩著頭髮好一會兒，然後回答：

「是『櫻夢亭』。」

「鸚……鸚鵡亭……？裡面養著鸚鵡嗎？」（註：「櫻夢」與「鸚鵡」在日文中同音）

「沒有鸚鵡也沒有鸚哥。寫作櫻花的夢。」

「是喔，這名字好棒。雖然一棵櫻花樹也沒有。」

「因為是鹽湖空間啊。在大部分的屬性下，那一帶都會長著大棵的櫻花術，等『變遷』來了應該就會出現。」

春雪看著Sentry所指的大宅占地東南角，正要說「又不知道變遷幾時才會來……」但說到一半就住了口。雖然他不知道一週一次的變遷還有多久才會來，但肯定遇得到。因為春雪接下來要在這裡修習Omega流足足四個月。

他從不曾在無限制中立空間裡待上這麼長一段時間。四個月的時間，比過得那麼漫長的第一學期還要長。這樣一想就覺得遠得令他暈頭轉向，但現在不是退縮的時候了。

「……師範，還請多多指教！」

他轉身面向Sentry這麼一說，劍士就悠然點了點頭。

「唔嗯，我可不會手下留情。」

「正合我意！」

「那，我們馬上開始吧。」

「咦？」

「你在咦什麼？」

「不，這個……我們走了那麼遠，我就想說是不是要先喝個茶……還有吃個茶點什麼的……」

「蠢材——！」

突然被她大喝一聲，讓春雪縮起了脖子。

「咿！」

「你說得可悠哉！小子，你大概以為四個月長得要命，但其實是只有四個月啊！還不趕快把劍裝備起來！」

「好……好的！」

春雪挺直腰桿，口吃地唸出語音指令。

「著著著著裝，『輝明劍』！」

所幸指令得到辨識，一道白光從天而降，在春雪左腰化為一把細長的劍。

Sentry確定他準備好之後，以輕鬆自在的聲音說：

「來吧，『光明劍（Claíomh Solais）』。」

這次是一道藍光從天而降，聚集在Sentry的左腰。一陣格外耀眼的閃光消失後，出現了一把造型流麗至極的劍。是一把比春雪的劍大了一圈的西洋風長劍。春雪正盯著這把劍看，就聽到她發出狐疑的喝叱。

「……小子你發什麼呆？」

「啊，沒有……我還以為師範的劍會是日本刀一類的……」

「要我換那種來陪你練也行喔？」

「咦……日本刀師範也有？」

「因為我常用的劍，東西洋長短合計有十二把左右。」

「……十二把……」

——劍也好，這大宅也罷，這就是老手的實力嗎！

春雪沒把這個念頭說出來，頻頻搖了搖頭。

「不……不必，不需要。」

坦白說，他對光明劍這個名稱，無法不覺得肯定是超級稀有的好貨，但面對一個遠比自己要強的對手，在意對方拿的劍規格好壞也是白搭。他握住愛劍的劍柄，一口氣拔出。接著Sentry也拔出了長劍。

春雪的輝明劍由於施加了讓高熱傷害無效的強化，發出淡淡的紅色光芒；相對的，光明劍的劍身則帶著淡淡的金色。不知道這是經過某種強化而產生，還是原本就是這樣的顏色。

雙方都中規中矩地將武器舉在中段。鹽湖空間強烈的陽光，在兩把劍上反射出純白的光芒。

到了這個時候，春雪才發現自己尚未收到任何指示，就拔出了劍。

「呃……呃，接下來我們要做什麼……？」

「蠢材，互相亮劍有什麼用？不先打個一場，什麼都開始不了。」

「這……不，可是……」

——怎麼想都是我被秒殺收場吧！

他說不出這句話，以壓縮思考拚命尋找其他退路，但忽然發現不對。這件事不是推託，是對戰前就該好好問清楚的。

「……師範，請問妳的超頻點數要不要緊？」

結果Sentry在護目鏡下透出微微的笑意。

「哦，你總算問起這個啦？」

「對……對不起，我之前都沒想到……師範點數全失的時候，應該就歸零了吧。請問現在有多少點……？」

「看來系統將ＢＢ程式再度傳給我的時候，就回到起始值……也就是１００點。然後潛行花了10點，現在是90點吧。」

「九……」

春雪不由得驚呼。如果是只花1點來打正規對戰的新手也還罷了，要在無限制空間行動，這樣的數值非常令人不放心。一旦發生什麼狀況，再度點數全失也是有可能的。

「我……我馬上讓渡點數給師範！請給我儲點卡……」

「用不著。」

Sentry仍然舉著劍，說得斬釘截鐵。

「你接下來可是要跟印堤……還有震盪宇宙打，1點都不可以浪費。」

「才不是浪費！如果瀨利姊又點數全失，沒有人可以保證能再度復活吧！」

「豈止沒有保證，應該是沒辦法吧。因為復活非用到不可的東西已經用掉了。」

「非用到不可的東西……？」

「這件事就改天再說——不管怎麼說，你用不著擔心我的點數剩下多少。因為誰也進不了這『櫻夢亭』，而且我也不打算放水輸給你。等有空我就會去獵個公敵來補充。」

「…………我明白了。」

春雪只好點頭答應，但又想到有一件事他萬萬不能讓步，所以補上一句。

「可是，到時候我也奉陪。」

「好好好。那……疑問解決了，我們來一場吧。」

「好的。」

知道Sentry剩下的點數，不可思議地讓春雪下定了決心，重新舉好不知不覺間放低的劍。相對的，Sentry的姿勢，從起初舉劍時就沒有絲毫改變。她有種不可思議的存在感，和春雪過去對峙過的任何強者都不一樣。明明就站在眼前，卻像是漸漸融入景色當中……颼。

春雪覺得一陣冰冷的風吹過。接著，腳下傳來啪啦一聲水聲。他心想是不是有魚跳出水面，一瞬間拉低視線，看見透明的鹽水中，有一塊銀色的金屬在反光。他正納悶地心想，剛剛明明應該沒有這種東西掉在水裡，然後才發現——

那是Silver Crow的左肩裝甲。

「……！」

他大吃一驚，往後跳開，看看肩膀。造型往外突出的裝甲前端，已經被切出一道滑順地離譜的斷口。斷口的邊緣就像刀刃般發出犀利的光芒，讓他覺得光摸上去都會割傷手指。

「幾……幾時……？」

他正經地看向正面。Sentry仍悠然站在原地。是Magenta Scissor的「遠距裁切（Remote Cut）」那樣的遠距切斷能力？還是說，難道是心念……？

「你的表情就像鴿子，不，是烏鴉被ＢＢ彈打到啊。」

被她用含笑的聲調這麼一說，春雪好不容易才回出了一句話。

「因……因為，我根本不知道是幾時被斬的……」

「我話先說在前面，這不是必殺技也不是特殊能力，當然更不是心念。我只是正常地拉近距離，揮劍，斬了你的裝甲。」

「咦咦！我眼睛一直沒從師範身上移開耶？」

「你的確沒移開目光。可是，你還是看不到我。」

「……這是，怎麼回事……？」

「剛剛那是Omega流無遺劍的第一奧義『合』。這招對公敵也有效，學起來可不會吃虧喔。」

「合……？」

——這我當然想學，但我連發生了什麼事都搞不清楚……

Sentry彷彿要斬斷春雪的大惑不解，輕輕動了動光明劍的劍尖。

「來，重新舉好劍。」

「……好的。」

春雪暗自下定決心，心想這次我可什麼都不會漏看，舉起了劍。

雙方的劍尖離了一公尺以上。雖然很近，但並不是不拉近間距就能直接砍到的距離。

站在水面上的Sentry不動。微風吹動她一頭留到腳邊的銀髮，被陽光照得閃閃發光。鹽湖起了漣漪，倒映出的武士宅邸分離為無數的碎片。

颼。

這次右肩的裝甲被切斷，噗通一聲沉入鹽水當中。

「…………」

春雪已經連嘴都張不了，茫然站在原地。

被斬了。這他知道。但Sentry幾時上前、揮劍，再回到原來的位置，他完全不知道。感覺就像只有動的時候變成了透明……不，也不是這樣。是在攻擊的瞬間，從春雪的意識中消失了。所以他明明只看著Sentry，認知到的卻是水面的漣漪與水面上映出的宅邸鏡像。

「……剛剛那一下，也有著『將極大施加在極微上』之類的原理嗎？」

春雪以沙啞的嗓音，對站在眼前的Sentry這麼一問，就看到她從護目鏡下露出的嘴角一揚。

「當然有。」

「是什麼樣的……？」

「一開始就用講的你也不會懂。下次換你砍過來。」

春雪用力動了動握劍的右手食指。本能發出聲音說不想攻擊，但這種時候退縮，就沒有辦法修行了。

「……是。」

春雪點點頭，慢慢吐氣。

他將空氣深深吸入排空的虛擬肺部，然後停住。右腳從鹽水中抽出，放上水面。

「…………喝！」

他在喊聲上前。發揮先前的修行成果，在水面上跑了兩步，拉進間距。將高高舉起的劍，劈向Sentry的左肩。瞄準的是裝甲上微微突起的一個點。以極大，斬斷極微——！

然而，剎那間。

Sentry的身影暈開。

並不是消失。就像是埋沒到背景當中——不是說水映出藍色，而Sentry的裝甲也很藍，不是這種層次的事。是對戰虛擬角色的存在感本身變得稀薄，漸漸成為世界的一部分。

以全速劈下的白刃，無謂地劃破了虛空。

緊接著，軸心腳被掃上一記，讓春雪一頭栽進鹽水，濺出盛大的水柱。

之後他連續進攻十次，但到頭來別說斬斷Sentry的裝甲，連一處小傷都無法造成。

但春雪仍舉起劍，準備進行第十一次進攻。

「我們休息一下吧。」

Sentry說著放下了劍，他只好聽從。這一鬆懈下來，立刻全身虛脫，癱坐在地。

「——為什麼就是砍不到！」

他像個鬧脾氣的小孩子一樣大喊，Sentry就用拇指指了指大宅。

「我會解釋給你聽，我們來喝個茶吧。也有茶點喔。」

「好的。」

春雪一瞬間收起脾氣，迅速站起。

櫻夢亭的內部也是純日式的格局。廣廳外有簷廊，隔壁則是廚房，隔著一條走廊還有著三間寢室與茶室。所有房間都鋪了榻榻米，但如果用格局來算，多半就如春雪當初的預測，是劃為四房兩廳含廚房。

Sentry領著春雪進了茶室，從家用儲藏空間欄位取出泡茶組，以熟練的手法幫他攪打了抹茶。無論在現實世界還是加速世界，他都是第一次喝不甜的抹茶，但清爽的苦味讓疲憊已極的腦袋覺得十分舒暢。

接著他將端出的羊羹吃了一半，鬆了一口氣之後，才問起想問得不得了的問題。

「師範……請問我為什麼會看不見師範？Omega流的奧義……『合』到底是什麼？」

「我反倒要問你，Crow，你是怎麼看到這個世界？」

「咦？那當然，是用眼睛……」

他朝鏡面護目鏡下的鏡頭眼一指，Sentry不改跪坐的坐姿，輕輕歪頭。

「唔嗯。可是，你現在的眼球，是和血肉之軀的眼球是用同樣的結構，同樣的原理看著我嗎？」

「咦…………」

春雪一瞬間說不出話來。

活生生的人，不，所有的動物，都是靠視網膜，將從瞳孔射入的光轉換為訊號，再由大腦將訊號轉變為影像來觀看事物。然而加速世界是由中央伺服器（主視覺化引擎）生成的虛擬世界，一個虛擬實境的世界。雖然非常寫實，但實在不覺得會將所有的物理現象都原原本本地重現。

「……不……我想終究不會連每一個光子的動態都模擬出來。我的眼睛看得到的光景，大概是直接灌進大腦……不，是灌進量子回路吧……？」

「差不多就是這樣吧。也就是說，說得極端點，對戰虛擬角色的眼睛只是裝飾。」

「呃……」

也許說來的確是這樣沒錯，但說只是裝飾，他實在沒辦法老實點頭同意。春雪正反覆眨著眼睛——

「呵呵，沒辦法信服嗎？」

「不，這個，是啦……」

「可是，既然我們所看到的光景是系統創造出來的，這當中就會有介入的餘地。」

「這話……怎麼說？」

「你聽好了，我們的知覺和思考，現在已經加速到一千倍。在這個環境下進行高速戰鬥時，如果要根據我們的鏡頭眼動作來運算出影像，即使憑主視覺化引擎的能力，也會產生些微的延遲。因此，系統在戰鬥時，會預測下一瞬間的未來，將這影像放給我們看。」

「咦……」

春雪震驚不已，Sentry則在她面前以流暢的動作端起茶碗，送到護目鏡下的嘴邊。她一口喝完剩下的抹茶，厚切的羊羹也被她一口消滅。

Sentry從跪坐坐姿換成盤腿而坐，繼續解釋：

「這種未來預測有著驚人的精準度，基本上不會有錯。因為系統是根據我們的意志……也就是根據想像控制體系傳遞的訊號來進行預測。古早的ＶＲ遊戲中所用的『細節聚焦系統（Detail Focusing System）』的發展型，這麼說不知道你懂不懂。」

「呃，不太懂。」

「……也好。總之……這件事的關鍵，在於只要理解未來預測的機制，也就有可能意圖讓系統的預測產生偏差。」

「讓未來預測……產生偏差？」

春雪喃喃複誦了一次，不改跪坐坐姿，上身微微後收。

「這該不會是說，要利用想像控制體系去動手腳？」

「你總算表現出聰明的一面啦。」

「…………我總覺得愈聽愈像是和心念有關……」

春雪小聲說完，立刻換來Sentry的喝叱。

「蠢材，要我說幾次你才懂！Omega流徹頭徹尾都是道理的劍術，奧義也不例外！的確是會用到想像控制體系，但用法卻和心念相反。當我們完全消除從量子回路輸出的想像……會發生什麼事？」

「……系統就會沒辦法預測未來……？」

「正是。」

Sentry在盤起的膝蓋上用力一拍，猛然探出上半身。

「實際上，只是未來預測系統會有一瞬間的誤差，但要制敵機先，這已經夠了。Crow，你之所以會忽略我的斬擊，是因為系統幫你描繪出來的視野當中，只有我的身影變得稀薄。」

「稀薄…………」

的確，要說明先前裝甲尖端被斬斷時的現象，這個字眼最為貼切。但相對的，Sentry為他解釋的原理，他完全無法吸收。

「……不，可是啊，有辦法消除想像嗎？即使做得到，這樣不就會連虛擬角色都沒辦法控制？」

「的確是這樣啊。但你回想看看，你漏看我的時候，不都是我擺著架勢一動也不動的時候？」

「啊啊……——也就是說，只要讓虛擬角色完全靜止，就能讓未來預測系統出錯……？」

「不太對。因為光是你想著要靜止不動時，就會產生『不動』的想像。連不動都不想，讓心完全變成無。消除自己，與世界合而為一……這就是Omega流奧義『合』的真諦。」

「……化為無……」

春雪正想說，要發呆我很拿手，但隨即發現事情並非如此單純。這和杵在沒有人在的地方發呆不一樣。要知道眼前可是有著想打倒自己的敵人。

「呃……這和戰鬥中的無心境界不一樣吧……？」

「不一樣啊。在無心狀態打鬥時，的確不會想到要這樣那樣，但那是想像控制體系超越了運動指令體系的狀態。也就是說，瘋狂地在輸出並未言語化的想像。要達到我所謂『完全的無』，是要連無意識都消除掉。」

「連無意識都要消除掉……？而且，還要在敵人面前……？」

春雪喃喃說完，挺直腰桿，用力搖頭。

「辦不到，這太難了啦。怎麼想都覺得，連和朋友打好玩的對戰，都會瘋狂分泌腎上腺素，搞得心臟怦怦跳，要在和真正的敵人真刀真槍地對決裡，像這樣……」

「我不就說這是奧義了嗎？」

Sentry以柔和的口氣這麼一說，伸出右手，在跪坐的春雪護目鏡上輕輕一彈。

「被你輕易學會，我就沒有立場了。你不用馬上練到能用……可是，遲早你必須達到『合』的境界。為了讓你對Omega流無遺劍奧義之二的『切』開眼。」

——到底有幾層奧義啊？

春雪怕得不敢問這句話，於是問出另一個問題。

「請問……加速世界裡，除了師範的Omega流以外，還有別的劍術流派嗎？」

「有啊。」

Sentry說得理所當然，掐起手指列舉：

「只說有名的流派，就有Blue Knight的『無限流』，鈷錳姊妹應該就有得到傳授。再來是Graphite Edge的『明陰流』，Lotus就是他的門下生。還有記得震盪宇宙的Platinum Cavalier說叫作『飛姆托（Femto）流』……」

她舉出了三個流派的名稱，但烙印在春雪記憶中的就只有一個。她說「明陰流」是Graphite Edge的流派……意思多半是指他所擁有的一對長劍「Lux」與「Umbra」，但既然黑雪公主繼承了這個流派，那麼將來打算接受她指導的春雪，也將成為明陰流的門下生——

「Sentry姊……」

——Omega流可以接受門徒同時屬於別的流派嗎？春雪本想這麼問，但若她說不行，春雪也無計可施，於是再度換了個問題。

「……羊羹，可以再來一份嗎？」

「愛吃多少儘管吃。」

Sentry操作物品欄，讓兩片羊羹出現在眼前的盤子上。春雪用手抓起來大嚼，心想，未來的事情還是未來再想吧。

休息過後，Sentry命他專心練習揮劍，夜晚則睡在被分配到的三坪和室中。

翌日正式開始的修行，內容遠比春雪想像中更加嚴苛。

上午在櫻夢亭的庭院裡練習空揮、進攻與對練；下午則出外，一心一意地朝堅固的物件揮劍，或是找小獸級公敵進行兼作補充點數用的實戰。到這一步他就已經累得精疲力盡，但回到櫻夢亭後，一定得和Sentry對決，而且這部分都會打到他體力計量表耗盡為止，所以春雪一定會死去。過了一小時復活後，才總算有晚飯吃，之後就像一灘爛泥般睡到早上。

這樣的日子過了一週、兩週，春雪還是完全贏不了Sentry。Sentry已經不動用第一天展現的奧義「合」，但別說耗損她的體力計量表，就連用劍砍到都辦不到。

Centaurea Sentry的戰法，和春雪過去對戰過的任何對手都不一樣。

無論是什麼樣的超頻連線者，一般來說打起來都會有「動與靜」。有攻擊的時候，也有不攻擊的時候。明明這是從上個世紀的２Ｄ對戰格鬥遊戲時代就一直是理所當然的情形，但Sentry這兩者之間的界線卻很模糊。進攻的時候也完全看不出破綻；而以為她在防守時，又會從意料之外的角度砍來。無論春雪展開什麼樣的攻勢，都會被吸進去似的，被她輕而易舉地化解。就感覺上而言，她的所有動作都非常拖泥帶水——

三週。四週。

春雪仍然每天都打到死去。變遷來過好幾次，空間從鹽湖切換為「原始林」、「瘟疫」、「工廠」，但Sentry對所有空間屬性的特徵都一清二楚，連利用地形機關來出其不意都辦不到。

轉眼間，兩個月過去，三個月過去。

春雪從不曾連續潛行這麼久，當然也不曾修行這麼久。然而他完全不覺得自己有所進步，讓他漸漸開始焦躁。

時間限制是四個月。說得精確點是一百二十五天，所以再過三十五天，有田家的家用伺服器就會讓兩人強制登出連線。在這之前，先不說奧義，至少得掌握到一些東西才行，但他連提升到下一個階段的頭緒都找不到。

第九十天的晚上。

春雪第一次在深夜醒來。

他在和室內所鋪的墊被上，傾聽蟲鳴聲良久。空間屬性從三天前就變遷為「平安京」。對於武士宅邸風格的櫻夢亭而言，這個屬性再搭調不過，但他根本沒有心情欣賞風景。

帶著幾分藍的黑暗中，他仰望著天花板思索。

之所以會急，也許是因為看不到修行的成果。擔心會讓願意擔任師範的Centaurea Sentry失望的恐懼，從好一陣子之前就一直盤據在春雪內心深處。

仔細想想，春雪活到這天，一直在害怕讓人失望。

父親與母親。千百合與拓武。黑暗星雲的伙伴們。黑雪公主。他一直拚命掙扎著，不想讓認識的人們失望。以往的考驗，他都勉強度過了難關，但這次也許真的不行了。也許自己將學不會Omega流，也無法完成攻擊手的重任，會辜負許多人的期待。

他用力閉上雙眼，試圖截斷這些念頭，但睡意一直不回來。他死了心，從被窩裡爬出去，先傾聽睡在隔壁房間的Sentry有沒有什麼動靜，然後躡手躡腳來到走廊上。

他穿越廣廳，走向面庭園的簷廊。拉開紙門一看，蒼白的月光灑落在地。深紅色的紅葉乘著夜風飄散，庭院角落卻有櫻花老樹綻放著滿開的櫻花。他在簷廊坐下，望著這場月光、櫻花與紅葉組成的視覺饗宴。

忽然間，他覺得很想和梅丹佐說說話。

如果能把心中的不安，訴說給把春雪當成僕人看待的大天使聽，相信她一定會先不留情地喝叱一番，最後再給他一點鼓勵。然而她現在正在遙遠的楓風庵進入完全閉關模式，治療受傷的身體。在她治療完畢之前，春雪不能呼喚她。

要是乾脆Sentry願意斥責他就好了。

要是她罵說虧我每天好心這樣教你，你卻什麼都沒掌握到，不知道心情會不會輕鬆點？春雪對於這種沒出息也該有個限度的念頭，不由得發出自嘲的笑聲，在簷廊上抱起膝蓋。

結果就在這時。

「——要喝嗎？」

聽到背後傳來這麼一句話，他嚇了一跳，回頭看去，應該在睡的Sentry舉起白色的小酒壺站在那兒。

「啊，不了……我要去睡了……」

「別這麼說。」

春雪正要起身，Sentry按住他的肩膀要他坐回去，自己也在他身旁坐下。她遞出了紅色漆器酒杯，於是春雪反射性地接過，接著就有透明的液體從小酒壺倒進酒杯。

「……這是什麼？」

「有滿月、夜櫻和紅葉下酒，當然不會是水了。」

「可……可是我還未成年……」

「蠢材，我也一樣。別說那麼多了，乾啦。」

被她這麼命令，春雪也就無法拒絕。他拿起酒杯就口，一口氣喝下。似甜似辣，似苦似酸的液體溜進了喉嚨，讓胃開始發熱。這會是日本酒嗎——他在現實世界或加速世界都不曾喝過，所以也不敢斷定。

Sentry也喝完自己的杯中物，心滿意足地嘆了一口氣。

「我本來想留到最後一晚，不過既然平安京屬性都來了，也沒辦法啊……」

「酒在這邊是不是會很貴？」

「嗯？也是要看品質，但不便宜啊。不過這不是從商店買的，是從富士山山腰上一處湧出的酒泉裝來的。」

「咦……那只要去裝一大堆，弄回東京賣，不就可以大賺一筆？」

聽到春雪這貪婪的台詞，讓Sentry嘴角一揚。

「那泉水就是讓想著這種事情的傢伙，一個個都弄得差點點數全失。」

「……這……這樣啊。」

春雪縮起脖子，空著的酒杯就再度被斟滿了酒。心想管他那麼多，一口喝乾，就神奇地覺得比剛才要好喝。

他在身體深處感受著舒暢的熱，仰望夜空。

紅葉與櫻花花瓣競相飛舞的模樣，的確道盡了風雅二字。他深深了解到，將這間大宅取名為櫻花之夢的理由。又或者，春雪像這樣和Sentry把酒言歡的這件事本身，就是櫻花老樹讓他作的一場夢。

或許是因為處在這樣的心情中，讓春雪忍不住問出了本來不打算問的問題。

「請問，瀨利姊為什麼要對我這麼好？」

而且還不是叫虛擬角色名，而是不由自主叫了本名，但也已經無法取消。

Sentry看著杯中映出的滿月好一會兒，然後一口喝乾，換了個口氣回答：

「對你好？明明每天斬殺你？」

「……當然好了。因為我都修行了三個月，卻一點進步也沒有，妳還這樣陪我練……」

春雪一回答到這裡，鏡頭眼就差點滲出眼淚，於是他深深低頭。但話已經停不下來。

「就差一點點……我覺得只差一點，就可以抓住些什麼。我覺得做了多少修行，應該就能

變強多少……可是，我的劍從第一天到現在，一點都沒變。別說捕捉到極微，連瀨利姊的邊都擦不到……我想，我一定是一開始就沒有才能。拿升級獎勵時選了劍，根本就是錯了……」

春雪讓眼淚一滴滴落到護目鏡內側，擠出沙啞的嗓音。明明是自己說的話，卻像有尖刺刮過喉嚨，抓傷舌頭。

幾秒鐘後，聽見Sentry說話。

「嗯～這樣啊……」

春雪猜想，她會說那就到此結束。然而，她並不是這麼說。

「你這陣子會沒精打彩，原來是因為想著這種事情啊。如果讓你覺得沒有進步，那是我不好。我是第一次教別人，對這方面不太會拿捏。」

「…………？」

春雪聽不懂她這番話的意思，微微抬起頭。緊接著，Sentry的左手就輕輕放到他背上。

「不用擔心，你確實有在進步。」

「……請不要說空話安慰我。」

春雪一邊想躲開背上的手似的扭轉身體，一邊回答。

「有沒有進步，我自己最清楚。就連修習心念的時候，都還比較有一點感覺。可是劍……就好像我愈修行，反而離瀨利姊愈遠……」

「那我問你。」

Sentry湊過來看著春雪的臉，輕聲對他問起：

「有田同學，你覺得修行短短三個月就追得上我嗎？」

「咦…………」

春雪連連眨眼，然後用力搖頭。

「不，我沒有這麼想。所謂追上，不就是對戰打得贏妳？我知道自己去不到那樣的程度。可是……我連要在妳身上砍出個一公分，不，一公釐的傷都辦不到。這實在太……實在太遙遠了……」

「都一樣。」

Sentry這麼回答，改用右手往春雪胸口正中央一戳。

「Omega流是必殺的劍術。砍上一公分就能斬斷手腳，劈開心臟。你可以當作只要你的劍砍得到我，你就贏了。」

「…………」

春雪無話可答，Sentry就輕輕挪開身體，朝春雪還拿在左上的酒杯斟酒。接著她把自己的杯子也斟滿，酒壺就這麼空了。

Sentry對最後一杯並不一口喝乾，先啜了一小口，然後恢復原來的語氣說：

「如果你想結束修行，那也無所謂。傳送門就在西邊不遠的地方……都營電鐵的早稻田站。」

「…………」

春雪緊閉著嘴，看著杯中的月亮。

他小心不晃動月亮，輕輕舉起，拿到嘴邊，想吞下整顆月亮似的一口氣一倒。

「……我要繼續。」

他這麼一說，就突然覺得睡意襲來。身體往前傾斜，才剛往回拉，又差點往後倒。他將身體靠在榻榻米上，仰望Sentry的臉。

「是嗎？」

Sentry只回了這麼一句，又啜了一小口酒。春雪抗拒不了睡意，即使閉上眼睛，師範的側臉仍留在眼瞼下良久。

9

七月二十三日，凌晨四點五十五分。

高野內琴／Cobalt Blade，用從家裡一樓廚房拿來的保特瓶裝碳酸水，往坐在床上，腦袋搖搖晃晃的雙胞胎妹妹那苗條的頸子上一碰。

「霹呀！」

高野內雪／Mangan Blade猛一抬頭，怨懟地看著琴。

「小琴妳喔～做什麼啦～」

「因為雪一直在恍神。喝點這個醒一醒吧。」

「嗚～～」

雪嘟囔之餘，還是接下了保特瓶。琴在她身旁坐下，也開了自己的一瓶，咕嘟咕嘟地往喉嚨連灌了幾口。碳酸燒灼般的刺激，趕走了剩下的些許睡意。

雪似乎也完全清醒了，用多了些正經的聲音開口：

「實際上，小琴妳怎麼看？」

「妳是指什麼事情？」

「震盪宇宙有沒有準備另一個圈套。」

「嗯……」

昨天傍晚舉行的五大軍團聯合會議上，琴與雪主張與其攻略太陽神印堤，應該更優先直接進攻震盪宇宙。會有這樣的主張，是提防白之王的準備之周全，但實際上也並不是有能夠確信會是圈套的根據。就只是「有不好的預感」。

而她受到這種惡寒侵襲，是在會議開始的幾小時前，和雪兩個人前往港區第三戰區，查看對戰名單的時候。名單上出現的，就是白之王White Cosmos的名字。一看到這個名字。琴就覺得像是被Cosmos冰冷的手，在脖子上摸了一把。

這是挑釁——是在對眾人說，我不會閃閃躲躲，儘管來挑戰。琴有了這樣的感想。琴與雪當然也不能自作主張去挑戰，於是默默回到新宿戰區。說得正確一點，是夾著尾巴逃了回來。

起初兩人都認為，Cosmos的挑釁就是圈套，但隨即轉念想到並非如此。無論公敵或伏兵，都沒辦法帶進正規對戰空間。若說白之王是出於自尊心，才不將名字從名單上消除，那麼圈套肯定就是設在印堤這一邊。琴與雪在參加會議時，都已經得出這個結論，只是——

「……坦白說，我不知道。」

琴喃喃說完，朝妹妹瞥了一眼。兩人都穿著款式大同小異的睡衣，頭髮也解開來，所以外貌上等於毫無差異。

「也許兩邊都是圈套，也說不定兩邊都根本沒有什麼圈套。只是，ＣＣ的Lemon Pierrette說得也沒錯，既然兩邊都非做不可……」

「先做哪一件也就差不了多少，是吧～」

雪輕舒一口氣，旋緊保特瓶蓋，放到床頭櫃上。琴也依樣畫葫蘆，查看時間。凌晨四點五十八分。

預計與其他軍團集合的時間是五點整。為防萬一，她是想在一分鐘前就先潛行進去，但這次所有參加者都說好要忍耐到十秒前再進去。即使在現實世界裡只有短短一分鐘，在無限制中立空間就會變成十六小時又四十分鐘，待得愈久，被白之團的監視網——前提是真的有——發現的可能性也就愈高。

「……不知道烏鴉小弟會不會來？」

聽到雪的呢喃，琴這次則是立刻點頭。

「應該會來吧。」

「可是，如果攻略印堤失敗，攻擊手烏鴉小弟也會陷入無限ＥＫ耶。」

「但他還是會來。」

琴這麼斷定後，身體往後一倒。這張床是雪的，但用的床墊和保潔墊都和自己的床一模一樣，所以躺起來不會覺得不適應。

雪也在她身旁躺下。琴將兩人的神經連結裝置直連，然後用另一條傳輸線連上家用伺服器的接孔。設定好定時自動斷線，完成了準備。剩下時間是三十秒。

「我們絕對要讓作戰成功。」

「賭上無限流的名號，一定。」

琴說出許久不曾說出的流派名稱，雪就嘻嘻一笑。她明白這種心情。讀國小時覺得這個名稱非常帥氣，但升上國中三年級就覺得——

琴隔開雜念，說到：

「倒數三秒開始潛行。三、二、一……」

「「無限超頻。」」

從上次七王會議以來就沒再進來過的無限制中立空間裡，靜靜灑落著蒼白的月光。建築物全都變成了白色的石造哥德式建築。

琴以Cobalt Blade的形體出現在地面，仰望夜空喃喃說到。

「『月光』屬性啊……雖然很遺憾不是水屬性，但還算是運氣不錯啊。」

「也對。畢竟沒有奇怪的機關，可燃物很少也挺有幫助。」

Mangan Blade在身旁這麼回答，琴一如往常地偷看了一眼她的側臉。琴在現實世界與加速世界的說話口氣沒有多少差別，頂多只是去除語尾的敬語，但雪則會變得幾乎判若兩人。所以會忍不住想弄清楚，她是不是那個直到潛行時都還躺在自己身旁的妹妹。

但雪若無其事地承接琴的視線，繼續說道：

「只是，月光屬性下不會天亮，所以會很難發現震盪宇宙的埋伏。得加強搜敵才行。」

「……也是啊。」

她帶響武士全身鎧風格的裝甲，點了點頭。

印堤攻略作戰的集合地點，和昨天的會議一樣，選在防衛省的閱兵廣場。距離琴與雪所住的新宿區須賀町不到一公里，離集合時間早上五點，還有兩小時四十分鐘，但實在沒有悠哉的心情。她摸了摸左腰上設定為常態裝備的愛刀手感，開始往北走。途中破壞一些小型物件，累積必殺技計量表。

避開大道行進了三百公尺左右，就來到甲州大道。只有過這條大道時非得現身不可，所以她們先躲在建築物後，琴檢查東側，雪檢查西側。確定沒有公敵與監視者的動靜，然後迅速穿越大道。

接著再度只挑小路往北走。過了一會兒，前方的夜空中出現了一座白堊尖塔。現實世界中，這座大型電波塔是防衛省最好認的標記。

把有月光照亮的這座塔當路標行走，穿越靖國大道，穿過防衛省的大門，就看到已經有多達數十名超頻連線者聚集在裡頭。他們會比住家很近的琴與雪先到，肯定表示這些人並未遵守指示，等到十秒前才進來，而是搶先了一兩秒。但除此之外，都如同會議中的決議，他們並未聚集在閱兵廣場中央吵鬧，而是按軍團區分，在牆邊躲好。

鋪有純白大理石的廣場兩側，有著滿是希臘風圓柱的回廊，獅子座流星雨的團員是集中在東側的回廊。琴與雪一走過去，最先注意到她們的一個高大虛擬角色，就低聲打起招呼。是中階團員Frost Horn。

「鈷姊、錳姊，早安。」

「早啊，Horn。大家也早。」

雪回完招呼，就聽到許多粗豪的聲音道早安。獅子座流星雨本來就是女性型偏少的軍團，而現在集合在這裡的十二三人，全都是男性。儘管早已習慣這種環境，但有時也會羨慕女性比例高的軍團。

「還有兩個小時以上，大家儘管輕鬆點。我想所有人都睡眠不足，想睡一下的人就趁現在找個地方睡。」

琴這麼一說，就有個小個子虛擬角色站到Horn身旁，以充滿年輕活力的聲音回答：

「這可是要救出Knight老大的重要作戰，我哪能睡啊！」

這名和琴與雪一樣有著日式造型裝甲的虛擬角色，名稱叫作「Cerulean Runner」。主武器是小把的日本刀，聽說定了個目標，將來要成為一方劍豪，但可惜遮住頭部的裝甲造型屬於所謂的陣笠，所以總是難免給人一種不像武士而像步兵的形象。

但就如Runner這個名稱所示，他儘管還只有5級，腳程之快卻已經在獅子座流星雨當中都名列前茅，如果就這麼繼續發展，也許可以發展出有趣的戰法。而琴以嚴肅的聲調，開導這名明日之星。

「你現在就這麼起勁，可撐不到正式開打。能休息的時候就好好休息也是我們的工作。」

「……是！」

Runner乖乖點頭，但似乎頻頻瞥向另一邊的回廊，於是雪問個清楚：

「有什麼在意的事情嗎？」

「啊，呃……其實我，是待在那邊的『太陽圈（Heliosphere）』的粉絲……可以去跟她們要簽名嗎？」

「…………」

所謂太陽圈，是由日珥旗下三名女性型角色所組成的偶像團體，聽說相當受歡迎——這點連琴也知道。

「……隨你高興。」

她嘆著氣准許後，站在附近的Frost Horn也開口說：

「啊，那我也去。」

「咦，Horn哥也喜歡太陽圈？」

Runner立刻有了反應，Horn牢牢抱住他的肩膀。

「話先說在前面，我可是從她們的第一場演唱會就開始去了。你，推哪個？」

「那當然是推團長Blaze Heart了！」

「我，是推Freeze Tone。」

「啊啊，Freeze也不錯說。」

「我們趕快走吧。你來打招呼。」

「咦～麻煩Horn哥你來啦。」

兩人一邊談論一邊快速走遠，琴默默目送他們離開。先和雪同時搖搖頭後，視線重新在廣場上掃過一圈。

聚集在北側防衛省大樓正門附近的一群人人數最多，是長城的團員。東南角落是極光環帶，西南是宇宙祕境馬戲團。西側回廊內是日珥，離他們只有幾步遠的地方則是黑暗星雲。

琴悄悄對雪說聲「這裡拜託妳了」，走出回廊，開始橫越廣場。她所向之處，有著她與雪視為加速世界中最大勁敵的「鐵腕」Sky Raker。

即使不包含合併的日珥團員，黑暗星雲也已經在不知不覺中，發展出了相當程度的規模，已經有五個人以上聚集在此。然而這些人當中，卻並未包含今天這場作戰的關鍵人物Silver Crow。

Raker留意到琴接近，連人帶著輪椅轉過來，右手碰了碰白色帽子的帽簷。

「早啊，Cobalt，今天要請多多關照了。」

「嗯——Crow還沒來嗎？」

「是啊，不過不用擔心，時間到了他一定會來。」

Raker這麼斷定後，她背後的Cyan Pile、Lime Bell與Ardor Maiden等人，都不約而同點了點頭。

所有人都堅定地信賴Crow。這點琴深深感受到，但累積在她心中的不安並未消失。Silver Crow本來難道不是那種會提早集合早過頭的類型嗎？

「……我不是懷疑他，但今天的作戰萬萬不能沒有Crow。為防萬一，我看最好還是找個人去他家……」

接他這兩個字，她終究說不出口。

忽然間，西方傳來一陣沉重的衝擊聲。

「怎麼了！」

等琴大聲呼喊，Raker已經讓輪椅朝著廣場南邊的大門衝了過去。琴趕緊跟上，看見各軍團都有幹部從人群中跑了出來。她跟著Raker衝到靖國大道上，朝西看去。

地面再度震動。

琴踏穩雙腳，看了看從曙橋站方面沿著寬廣的道路接近過來的巨大影子。

「是公敵！」

她一呼喊，Raker也在左側發出難得透出焦急的喊聲：

「而且那是巨獸級的……『噴火獸（Flame Blower）』啊。」

這個發出地鳴聲猛衝的，是一隻高約有七八公尺的甲殼類公敵。狀似大王具足蟲的巨大身軀下半部，長著無數堅固的腳，細長的腹眼下，有著前細後粗的口器。儘管形狀像是用來刺穿獵物，但就如「噴火獸」的名稱所示，那是——

公敵突然昂起了口器。

瞄準的是拚命跑在牠前方約二十公尺處的三名對戰虛擬角色。其中之一是獅子座流星雨的團員，另外兩名則似是長城團員，多半是來防衛省的途中運氣不好，被巨獸級給盯上。

「往旁邊跳！」

琴大聲一喊，三人分別跳向道路兩側。緊接著，公敵的口器噴出了耀眼的橘色火焰。

震耳欲聾的嗤嗤燃燒聲中，延伸十公尺以上的火焰，直線掠過靖國大道的路面，讓火柱高高噴起。三人驚險地躲過這一擊，再度起身開始奔跑，但噴火獸一邊奔跑一邊噴火，所以距離已經被拉得相當近。要避開下一次噴射多半非常困難。

「——Mangan，我們上！」

琴一這麼大喊，雪就立刻「喔！」地回覆。兩人握緊愛刀的刀柄，同時踢向地面，其他軍團的幹部們也隨之跟上。

都聚集了十名以上的高等級玩家，即使是巨獸級公敵也不是對手——她很想這麼認為，但事情並非如此單純。噴火獸體內蓄積了大量的燃料，要是貿然破壞外殼，就會引發非比尋常的大爆炸。為了避免被爆炸波及而死，最穩健的戰法就是拉出充分的距離，以遠距離火力將牠打成蜂窩，但現在不能用這一招。如果北之丸公園裡有著震盪宇宙派出的監視人員，一旦在只離了兩公里的防衛省附近發生大爆炸，對方不可能不發現，也就會給對方時間安排各種措施。

「喂，要怎麼辦啊，鈷錳姊妹！」

有人追上全力飛奔的琴等人，叫到她們的名字，於是往右一看，跑在那兒的是第二代紅之王Scarlet Rain。她的身高只有琴等人的七成左右，奔跑速度似乎卻還游刃有餘。

「對那傢伙可不能貿然下手啊！」

「這我當然明白！」

Rain表示擔憂，而她以最快的速度回話。

「由我們來吸引噴火獸的注意，把牠拖到遠處去再甩開，請王回到廣場去！」

她這麼說的意圖，是認為在七王會議中唯一並未陷入無限ＥＫ的紅之王乃是寶貴的戰力，所以不希望她犯險。但Rain更加加快了奔跑速度，想跑到琴等人面前。

「哼，我才不要。而且阿鈷妳好歹也知道巨獸級沒這麼好釣吧！」

她說得沒錯。愈是高階的公敵，被賦予的ＡＩ水準也愈高，半吊子的仇恨值控制不會管用。如果只是琴等人往牠腳下賞個一刀，相信公敵將會看穿目的在於把牠引開，不會停止前進。

她們距離直衝而來的噴火獸，已經剩下不到一百公尺。公敵再度昂起口器，鎖定拚命跑在眼前的三人。距離已經被拉近，所以即使往旁邊跳，多半也會被牠強健的腳給踢飛。

即使在這裡對這三個運氣不好的伙伴見死不救，他們也能在作戰開始前復活。然而一旦做出這種事，琴等人就會淪落到和毫不留情割捨同伴的加速研究社一樣的地步。

琴與雪握住愛刀刀柄，右手用力。

兩人共通的必殺技「無遠弗屆（Rangeless Siege）」，是維持收劍入鞘且手握劍柄的集氣動作愈久，射程與威力就會增加愈多。這次她們的集氣時間，還只有從衝出閱兵廣場後到現在的幾十秒，但應該已經勉強可以砍到噴火獸。

然而，紅之王搶在她們兩人拔刀之前，就以快得看不見的動作拔出左腰的手槍。嗡嗡幾聲連射出去的光彈，以漂亮的準度（Aim）在噴火獸的口器上打個正著。公敵發出法螺般的怒吼，仰起上身。噴火用的口器遠比看起來更加堅固，要破壞並非易事——而且即使遭到破壞也不會因此就無法噴火，但只要以一定威力以上的攻擊命中，就能夠讓牠行動延遲（Delay）短短幾秒。

被瞄準的三人並未錯過噴火獸衝鋒減速的空檔，以動如脫兔奔跑拉開距離，想和琴等人會合。但她們兩人立刻往左右分開，雪指著後方大喊：

「一路跑到防衛廳去！」

「好……好的！」

「真的很對不起！」

「之後拜託你們了！」

三人紛紛呼喊著回答，連滾帶爬地沿著靖國大道逃跑。

琴與雪緊急煞車，指揮同伴們。

「散開來擋住大路！」

「有抗火能力的人上前！」

跑在背後的一群對戰虛擬角色以一拍即合的反應，立刻往左右散開。仔細看看有哪些面孔，看到除了Rain以外，有黑之團的Sky Raker與Aqua Current、紫之團的Aster Vine與Mauve Wire、綠之團的Iron Pound與Suntan Chafer、紅之團的Blood Leopard、黃之團的……記得是Tangerine Ringer與Sax Loader吧。

有這麼多強者齊聚，要打破噴火獸的外殼本身並不難。然而這樣將會讓公敵發生大爆炸。既然如此，結論就只有一個。

「——在不發生爆炸的前提下打倒牠！」

琴這麼一宣告，Iron Pound就從左邊低聲驚呼：

「真的假的……就算是這群人，可也要花上一個小時啊……」

「這是為了確保救出諸王的作戰能夠萬無一失，非做不可！」

聽雪這麼說，包括Pound在內的所有人都點了點頭。不管嘴上怎麼說，在場的人裡頭，沒有一個人在這場救出作戰中想輕鬆交差。

噴火獸從後仰的動作中恢復過來，在十二人面前停下了腳步。口器旁尖銳的大顎緩緩開閉，漆黑的複眼亮出複雜的發光紋路。

裹住噴火獸全身的甲殼呈淡紅色，只有頭部的盾型裝甲是接近黑色的深紅，那裡就是真正的弱點所在。只要擊碎深紅的硬殼，中樞神經核就會外露，破壞這中樞神經核，就能不引發爆炸而打倒牠。這個情形下，除了超頻點數以外，還有可能掉出稀有材料物品或強化外裝，所以如果是很有耐心獵公敵的團隊，也可能會試圖用這種方式獲勝，但這硬殼硬得出奇。連高等級玩家的必殺技都只能微微削傷，即使是有三十人規模的團隊，也得花上四～五小時的時間，哪怕是現在這個堪稱當今加速世界最強戰力——當然是除了諸王以外——的陣容，也得花上一個小時，相信Iron Pound的這個估算相當精確。

即使如此，他們還是非做不可。

「遠距型（射手）專心攻擊額頭上的硬殼！近戰型（攻擊手）防禦腳的攻擊，有機會就攻擊口器！噴火時要看清楚是橫向還是縱向來閃躲，防禦型（坦克）總之保護好射手就對了！」

挑完琴的指揮，所有人齊聲答應：「好！」

弱點所在的裝甲，位於距離地面將近有五公尺高的高度，很遺憾的，琴與雪的普通攻擊砍不到。即使如此，還是能夠將從出了廣場後就一直集氣到現在的「無遠弗屆」各賞一發給牠。

──要上了，雪！

──隨時可以，琴！

兩人以交換眼神的方式溝通完，雙腳跨開，沉腰蓄勢。

「「無遠……」」

完美同步的招式名稱發聲，卻被一個來自意想不到方向的喊話聲中斷。

「慢著，先別出這招！」

這個響亮的聲音，是從噴火獸的後方發出。但十名同伴當中，還沒有任何人已經繞到公敵後方。

「「！」」

琴與雪大吃一驚，中斷了喊到一半的招式發聲，瞪大鏡頭眼。

靖國大道被公敵巨大的身軀遮住了一半，但仍勉強可以看到合羽坂下的路口附近，道路以平緩的曲線往左彎。有個物體在幾乎擦到路面的低空，以驚人的速度衝來。

不是用跑的。大大張開的兩片翅膀，被月光照得閃出銀光。加速世界雖大，但能夠獨力飛行而不只是滑翔的超頻連線者，就只有兩個人。其中一人Sky Raker站在琴的右側擺出架勢，那麼來人就是──

「烏鴉小弟。」

也不知道喃喃叫出這名字的是雪，還是自己。

呆站在原地的兩人視線所向之處，飛行虛擬角色將一邊的翅膀前端擦過路面，彎過彎道，逼近噴火獸背後。公敵發現了他，準備將口器轉過去。但這時虛擬角色已經溜過公敵側面，鑽過長長的口器上升。接著做出一個幾乎在空中擦出燒焦痕跡似的銳角轉彎，逼向頭部的硬殼。

白銀的飛行虛擬角色──Silver Crow握住了佩掛在左腰的長劍劍柄。

琴心想，太亂來了。這盾型硬殼本身有著甚至超越神獸級的強度。如果用那麼強的勢頭砍上去，就會吸收不完反震的衝擊而讓劍脫手而出，甚至整個人墜落到地面。

然而——

Crow從鞘中拔出的劍，砍上深紅的硬殼後，卻並未濺出半點火花，一路往右揮到底。劍尖劃出一道弧線翻起，拖出絲線般的銀光，往下一劈。

那是非常奇妙的劍路。速度快得連琴的眼睛都只勉強能夠捕捉到刀刃，但只有砍上硬殼的瞬間有著些許的停頓，之後就顯然絲毫沒有受到阻力，輕而易舉地割開了硬殼。

第一次看到那樣的劍路……不，總覺得以前也在別的地方看過。那是在很久很久以前，琴與雪還是中階玩家，才剛能夠進入無限制中立空間的時候——

琴劈開剎那間的思索，大聲呼喊：

「硬殼要破了！射擊預備！」

Silver Crow往左飛走。

盾型的甲殼竄出十字形的光，從內側往外推般分為四塊迸開。露出的巨大水母狀中樞神經核發出令人毛骨悚然的紫光。

「開火！」

琴一聲令下，以紅之王為首的遠距型角色，連射出五彩繽紛的光彈。如果是還不熟練的團隊，這種時候往往會心急而打偏，或是射中軀幹而引發爆炸，但眾人不愧是各軍團的強者，沒有任何一發誤射，所有子彈都被吸進神經核中。

神經核劇烈蠕動，像氣球似的漲成正圓形，灑出發光的黏液爆炸。三段體力計量表瞬間歸零，複眼的光漸漸黯淡，閃爍幾次之後消失。無數的腳失去力氣，巨獸級公敵噴火獸巨大的身軀，癱在了路面上。

緊接著，公敵的身體灑出數量龐大的粒子而消散，超頻連線者們紛紛低聲歡呼。琴也忍不住先用左手擺出小小的握拳姿勢，右手仍握在劍柄上，尋找飛走的Silver Crow。

這位擊破噴火獸的功臣，在靖國大道的邊緣背對琴等人站著，正將長劍收入劍鞘。她正要呼喊「Crow！」——

「……那……真的Silver Crow嗎？」

琴回答不了妹妹輕聲說出的這句話。因為她也產生了一模一樣的疑念。

精瘦的外型，白銀的金屬裝甲，以及最不可能看錯的那對摺疊在背上的翅膀。怎麼看都是已經十分熟悉的Silver Crow，但氣氛卻……就好像是個遠比琴與雪還更加老資格的高等級玩家……

Sky Raker與Aqua Current追過了僵在原地的她們倆，Raker喊出一聲「鴉同學！」，然後Crow轉過身來。

Crow這一轉身，那奇妙的氣氛就煙消雲散，踩著生澀的腳步跑向Raker她們。他在兩人面前立正站好，一鞠躬說：

「對不起師父，我來遲了！」

「我們很擔心你耶，你到底都在哪裡做什麼？」

「沒有啦，也不知道該說是修行的補課，還是總結……」

「她讓你修行到這個時候才放你走？下次看我把那女的吊起來打。」

「不不不不是！這只是我自願留下來補課……」

Crow搔著頭盔，Current慰勞他說：

「不過，你好像已經精通了她的劍術，我想這修行沒有白費說。」

「哪裡，根本算不上精通……連有沒有提升一階段都不太敢說……」

琴到這時終於再也忍不住，從Raker的肩膀後頭發問：

「Crow，看來你搞得手忙腳亂，但你應該可以參加今天的作戰吧？」

Crow看了琴一眼，再度挺直腰桿，以明確的動作點了點頭。

「當然可以，Cobalt姊！」

他的話說得很令人放心，但靠近一看，金屬裝甲上有著無數的細小傷痕，甚至有些地方生了黑鏽。

「……看來你累得很了，要稍微延遲作戰開始時刻也行的。」

琴不由得做出了這種不習慣的關懷，但Crow微微搖了搖頭。

「不……我現在，大概，該怎麼說……處在進入了某種領域的狀態……」

聽到他這麼說，雪從旁插嘴：

「領域？所以你剛剛才砍得開噴火獸的硬殼？」

「我想，大概是這樣。我覺得只要睡上一覺，就再也進不去這領域，所以我要就這樣參加正式作戰。」

Crow這麼回答後，那種老手的氣息一瞬間回到他身上——琴是這麼覺得。他到底進行了什麼樣的修行，而Raker所說的「那女人」又是什麼人？琴有一大堆事情好奇，但現在不是逼問他的時候。既然Silver Crow趕上了集合時間，說能夠擔任攻擊手，那麼準備好萬全的支援態勢就是琴與雪的工作。

「……我明白了。那我們就按照原訂計畫，在上午五點整開始作戰。在這之前，你至少休息一下。」

「期待你在正式作戰，也能有剛才那兩刀的俐落，Crow。」

兩人留下這兩句話就轉過身去，先前留在外圍的其他軍團團員一起上來圍住了Crow。這些人有的想慰勞他，有的想開他玩笑，有的想找他問個清楚。琴與雪聽著Raker攔住這些人的說話聲，走在月夜下的靖國大道上，一路走向防衛省的閱兵廣場。她們覺得，這種籠罩住全身的那種不可思議的昂揚感，應該不是只來自擊破巨獸級公敵。

10

本來計畫的一百二十五天過去後，春雪仍未回到現實世界。最後一天，他只送Centaurea Sentry從傳送門離開，並將家用伺服器的存取碼告訴她，請她幫忙解除自己的自動斷線設定。

照先前和黑雪公主她們商量過而決定的行程，是要在上午四點半就先登出一次，去上上廁所，補充水分，等到五點前十秒再重新潛行。然而只要放棄休息，留在無限制中立空間，就可以將這五百個小時——二十天又二十小時，拿來進行追加的修行。

他將這個決定告訴Sentry時，預測有九成會遭到反對。然而Sentry聽完春雪的話後，想了三秒鐘左右，然後說：「隨你高興吧。」而且還把櫻夢亭的鑰匙也借給了春雪。而借他鑰匙的條件，就是要他答應兩件事，一是不跟野獸(wild)級以上的公敵打，二是絕對不接近北之丸公園，但春雪本來就完全沒打算做出這樣的事來。

春雪獨自一人留在櫻夢亭，反覆進行和先前一樣的那種樸拙的修行。由於現在已經無法和Sentry對練，空出的時間他就增加了一千次揮劍。

結果都過了四個月，他還是沒能對Sentry的裝甲造成分毫損傷，但不知不覺間，急躁的心情已經消失。春雪不是什麼天才，更不是什麼上天選上的勇者。一直聽人說他是加速世界裡唯一的完全飛行型角色，讓他不知不覺間會錯了意，其實飛行能力終究只是無數有優點也有缺點的特殊能力當中的一種。

所以，只修行了短短四個月，就為了自己無法和真正的大師Centaurea Sentry並駕齊驅而嘆息，簡直自以為是得離譜。他決定如果有空哭泣，不如多揮一次劍，一心一意地投入到修行之中。在與小獸級公敵的實戰中，他也試過Sentry露過一手給他看的「合」，但並沒有什麼明顯的效果，「極」——以極大斬斷極微這個Omega流的基礎理論——也是時靈時不靈，有時候還死掉又復活。

即使如此，開始獨自修行過了兩週左右，有一次春雪在櫻夢亭的前院揮劍，忽然覺得達到了某種先前都並未達到的感覺。他不是從手掌，而是從劍本身感覺到了輝明劍的劍尖割開空氣的感覺。就好像虛擬角色的神經從手掌伸進了劍柄，通過刀身，直達劍尖。

持續練習揮劍，這種感覺就時而變強，時而轉變，時而變弱，又再度變強。春雪不再去和公敵打，在有著櫻花花瓣飄散的庭院裡，一心一意地反覆舉起愛劍往下揮。

不知不覺間，那顆鋼球出現在了春雪面前。那顆直徑兩公尺，有著朦朧光澤的鋼球。是他試圖自力去到Highest Level時，反覆砍個不停的，想像中的物件。

春雪在自己創造出來的鋼球上，覆寫上新的想像。從打磨圓潤的鋼鐵，化為留有粗獷削切痕跡的鎢。「絕硬之狼」Wolfram Cerberus身披的那種，連Omega流的「極」多半都能彈開的加速世界最強裝甲材質。

從這天起，春雪就持續朝這巨大的鎢鋼球揮動輝明劍。他不吃飯也不休息，撐不下去時就倒在石子地上睡覺，一醒來立刻又握住劍。神經穿過刀身的感覺漸漸變得精鍊，每當劍尖砍在鎢鋼球上，尖銳的疼痛就會直竄腦幹。

這個過程中，他漸漸能夠維持斬擊的速度，只去除多餘的力道。結果練到每幾百次當中，會揮得出唯一一次伴隨著清澈金屬聲響，完全不會疼痛的一劍。就和用手刀刺向鋼鐵裝甲的時候一樣。當時機與全身的動作，乃至於每一個關節都完美咬合時，這樣的一擊就會將所有的動能都送到目標身上，不會發生反震。

每天揮劍幾千次，這精純的一劍所占的比例漸漸增加。但鎢鋼球仍毫髮無傷，始終以和當初想像出來時一模一樣的姿態，盤踞在櫻夢亭的庭院。到了真正的最後一天，也就是第一百四十五天，春雪成功連續揮出精純的十劍後，輕輕摸了摸灰色的球體道別，離開了櫻夢亭。前幾天的變遷，讓空間變成了「月光」屬性。

前往集合地點所在的防衛省，最短路線是沿著外苑東大道南下，但這樣會有遭遇到大型公敵的危險，所以他挑小路南下，在曙橋才總算回到靖國大道上，結果就看到一隻巨獸級公敵，和一群他熟悉的超頻連線者展開了對峙——就是這麼回事。

他和難敵噴火獸曾經打過唯一一次。這次他想也不想就飛向戰場，用「極」切斷了保護弱點的硬殼，到了這個時候，春雪才發現自己不是平常的自己。硬殼理應設定了驚人的耐久度，但自己切起來，卻覺得只像是硬了點的果凍。如果這是朝著鎢鋼球連續進行想像訓練多日所造成的一種覺醒狀態，就絕對維持不了多久。

春雪堅信如此，所以告訴Cobalt Blade說，他要就這麼接著參加正式作戰，然而——

「唉唉唉～為什麼還沒打就搞得這樣全身都是傷痕跟鏽啦！」

當春雪終於來到集合地點所在的防衛省閱兵廣場，迎接他的是Lime Bell的這聲喝叱。

「看你這樣，體力計量表都減少了吧！剩下幾成？」

「沒……沒有，沒像看起來減那麼多啦。因為這些刮痕跟鏽，是睡在沙地上，還有在腐蝕林屬性下淋雨才弄出來的……」

「啥啊？為什麼要做這種事！你給我在這裡至少再睡一小時！」

被兒時玩伴這樣命令，他也不能強硬拒絕。他朝站在身旁的Cyan Pile送出求救的眼神，但這位朋友只默默搖了搖頭。

正當他心想該怎麼辦才好——

「鴉同學，可以跟你說幾句話嗎？」

被Sky Raker叫到，春雪往旁一看。坐在輪椅上，身穿白色連身裙的虛擬角色，將同色的帽子歪向一邊，說了下去：

「據我所知，加速世界在系統上並不存在『領域』這樣的概念，如果這是來自當事人自己的精神狀態，別說一個小時，根本持續不了幾秒。如果鴉同學現在覺得掌握到了某種感覺，那不會因為小睡片刻就消失。」

「……可……可是……」

他左手碰了碰輝明劍的劍柄，還不死心地抗辯。

「……我為了救出學姊，能做的事情我全都想做。其實，我甚至不想把劍收回劍鞘。如果還有一小時，與其睡覺，我覺得還遠遠不如繼續揮劍。」

聽到他這麼說，Raker小聲嘆了一口氣，然後正要開口。但一個年幼卻堅毅的說話聲搶在了前頭。

「鴉鴉，如果你說要追求萬全，那現在就是該休息的時候。」

轉動視線一看，Ardor Maiden以她圓滾滾的鏡頭眼正視春雪。

「小梅……」

「這不是建議，是以『四大元素』身分對你下的命令！」

Maiden堅定地這麼說完，就背對回廊的圓柱跪坐下來，拍了拍自己那披著深紅色巫女袴型裝甲的大腿，說聲：「嗯！」

「嗯什麼啊……」

「嗯！」

「…………」

春雪再度看向拓武，結果這次他和千百合同時點了點頭。春雪心想再抵抗也沒有用，終於死了心，在謠的身旁躺下，然後將頭放上她小小的大腿。

——這種狀況下我哪睡得著啦！

他是這麼想，然而——

「……春霞旖旎日，月桂想當開。」

謠輕聲細語地吟誦完，立刻就有一陣暖風吹起，輕撫春雪的臉頰。花香。和煦的陽光。意識漸漸被吸進很深很深的深處。

他立刻睜開雙眼，心想這樣不行，我真的會睡著，連連眨了幾次眼睛。然而——

「鴉鴉，你睡得很熟。」

借了大腿讓他躺的謠說出這樣的話來，讓春雪盯著她那有著幾分稚氣的面罩看。

「咦……我只是一瞬間有點打瞌睡……」

「Crow你說什麼鬼話啊，你已經在小梅大腿上香甜地睡了五十分鐘左右耶！」

聽千百合從上空這麼說，春雪立刻「咦咦！」的一聲跳了起來。

結果看見聚集在廣場上的對戰虛擬角色人數，比他借Maiden的大腿躺下前，增加了將近一倍，而且最明顯的是腦子現在清晰得簡直不像真的。感覺豈止睡了五十分鐘，簡直像是睡足整整八小時。

他趕緊握住輝明劍的劍柄，但也不覺得那種連接感就此斷絕。看來就春雪的「領域」這件事而言，是楓子說的才對。

他正環顧四周，想知道楓子去哪，就看見她在閱兵廣場正中央，和其他軍團的負責人討論。春雪轉過來面向仍跪坐在地的謠，自己也跪坐下來，然後向她一鞠躬。

「這個……小梅，真的很謝謝妳。我現在非常神清氣爽。」

「那太好了。我的大腿隨時都可以借你躺。」

「好……好的，還請多多關……」

春雪吞吞吐吐地這麼一回答，站在千百合身後的Petit Paquet三人組就發出嘻嘻幾聲笑聲。他縮起脖子，再轉動視線。Magenta也站在她們三人身旁，但軍團長Black Lotus當然不在場，也看不見Centaurea Sentry的身影。相信她一定是和黑雪公主一起留在了現實世界。

倒是另一個他在作戰前說什麼也想先見一面的人物，已經現身。

「……Lead！」

春雪大喊一聲，整個人往前跌跌撞撞地站起，跑向站在千百合與拓武身旁的深藍色年輕武士型虛擬角色。這位年輕武士發現他跑來，微微點頭致意。

「啊，Crow兄，不好意思我來遲了……」

「抱歉！」

春雪打斷對方說話，深深一鞠躬。他鞠躬了足足三秒，才總算抬起頭，就和啞口無言的Trilead Tetraoxide目光交會。

「……怎……怎麼啦，Crow兄？」

「因為……前陣子的軍團會議上，明明決定要請Lead擔任攻擊手，可是我卻強化了自己的劍……」

Trilead聽了後，在神情堅毅的臉部透出微笑的神色，舉起雙手，牢牢抓住春雪的肩膀。

「Crow兄遭遇到鐵匠時的狀況，我都聽說了。你做出了最佳判斷，沒有必要道歉的。」

「…………可是，說起用劍的本事，Lead明明遠比我高……」

「不，我明白的。Crow兄為了今天這一天，去做了非常辛苦的修行吧？而且，道歉說自己搶走最危險的攻擊手重任，也未免太爛好人了。」

Lead說完又笑了笑，再度拍了拍春雪雙肩，然後放下了手。站在他身旁的拓武也呵呵笑了幾聲。

「還好啦，會這樣很符合小……符合Crow的作風就是了。我也一眼就看出Crow很認真地修行過劍術。聚集在這裡的所有超頻連線者，對於把一切託付給你，都沒有任何意見。」

「是這樣……嗎……」

他小聲喃喃自語，就突然被千百合在背上用力一拍。不用說也知道，意思是要他抬頭挺胸。

如果Trilead、拓武，以及在場的所有人都願意肯定春雪，那全都是拜足足四個月來不厭其煩指導他的Centaurea Sentry所賜。

春雪閉上眼睛，越過世界的藩籬，對應該待在有田家客廳的瀨利送出思念。

——謝謝妳，師範。我一定會斬斷印堤的本體。

這思念當然並未得到回應，只覺得一片櫻花花瓣，在眼瞼底下輕輕飄過。

七月二十三日，上午五點。

聚集在防衛省閱兵廣場的五軍團，合計九十六名超頻連線者排成四列縱隊，開始沿著靖國大道往東行進。

道路上沒有大型公敵徘徊，這點已經由前不久才歸還的斥候——有著突出機動力的Blood

Leopard與搜敵能力優秀的Mustard Salticid——查過。如果北之丸公園裡有著震盪宇宙的監視人員，不可能會忽略這種大型集團的接近。但即使立刻從最近的傳送門離開，聯絡同伴，調整時機潛行進來，無論是多麼熟練的超頻連線者，也至少得花上十秒。在這邊就是兩小時四十六分鐘四十秒。印堤攻略作戰無論如何都會演變成速戰速決，所以如果成功，這段時間已經足以讓諸王復活並撤退。

明明是將近百人的熱鬧陣容，卻幾乎沒有人說話。隊列在月光下靜靜地行進。

當前方可以看到外壕的水面時，走在春雪右側的Aqua Current悄悄說了一聲：

「……會想起來說。」

但立刻又補上一句：「沒事。」

春雪正要問她想起什麼，卻自己猜到了答案。

三年前——二〇四四年八月，軍團長黑之王Black Lotus讓初代紅之王Red Rider點數全失，已經無可避免會受到六大軍團展開總攻擊的第一期黑暗星雲團員，為了讓黑之王撤回退出宣言，展開了禁城攻略戰。春雪當然並未見證，但聽說當時的團員們，也在「極光」空間的夜空下，朝著禁城行軍。

然而把守四方門的超級公敵「四神」的強大超乎想像，黑暗星雲分為四個部隊進攻，但開始進攻的短短一百二十秒內就全軍覆沒，Ardcr Maiden在南方朱雀門、Aqua Current在東方青龍門、Graphite Edge在北方玄武門，各自陷入無限EK狀態，只有進攻西方白虎門的Black Lotus與Sky Raker，靠著Raker的疾風推進器才勉強成功逃脫，但軍團就此瓦解，黑色旗幟從加速世界消失了足足兩年。

晶多半就是在現在朝北之丸公園行進的隊列當中，看到了當年行軍的景象吧。接著又發現自己說的話暗示未來將會不幸，所以撤回了前言。

忽然間，楓子讓輪椅前進到晶的右側，舉起左手，握住了晶的右手。春雪也反射性地動起右手，握住了晶的左手。有水流裝甲覆蓋的纖細手掌瞬間一震，但隨即強而有力地反握。走在最右側的謠也握住楓子的手，四個人連成一排。

牽手的浪潮，從位於隊列中央的黑暗星雲往前後傳開，其他軍團的團員也開心或靦腆地，互相握住伙伴的手。

四乘以二十四的隊列，走市之谷橋越過外壕，從化為白堊宮殿的靖國神社前方經過。爬上平緩的坡道，抵達九段坂上的路口時——他們終於看見了。

道路右側的平面上，有著北之丸公園。

而在本應有日本武道館存在的地方，有著一顆熊熊燃燒的大火球——神獸級公敵太陽神印堤。雙方的距離只剩大約三百公尺左右。與Sentry一起來偵察時感受不到的微微熱氣，烤得虛擬角色的裝甲表層彷彿嗤嗤作響。

走在隊列最前排的Cobalt Blade，迅速舉起了左手——她的右手仍持續握住刀柄，九十六人一起停下腳步。出發前Cobalt與Mangan說過的話，在春雪腦海中甦醒。

「Crow，你聽好了，我們建構出了七個用來補充Lime Bell必殺技計量表的相乘效果體系。剛剛趁你睡著的時候試車過，發現即使七線全開運作，香櫞鐘聲的連續照射時間頂多也只有七十三秒。」

「考慮到脫離的時間，不能把七十三秒全部用掉。如果經過了六十秒還沒辦法劈開印堤的核心，你就要先脫身。最壞的情形，就是連你也陷入無限ＥＫ。因為這樣一來，我們連下一步作戰都沒辦法建構。」

六十秒。

以神獸級公敵的攻略作戰而言，這時間短得令人絕望，但Omega流本來就是將一切押在一劍之中的劍術。春雪的「極」對印堤的核心管不管用，相信別說六十秒，只要一半的時間就足以見分曉。

前天的軍團會議上，楓子就說過。理想上最好能夠建構出三個體系的計量表回復相乘效果，而這些大軍團的幹部絞盡腦汁，為他安排出了足足七個體系。他說什麼也不能辜負大家的期待。

Cobalt Blade放下手，發出堅毅的嗓音說：

「從現在起，心念系統也一起解禁！想當然會有公敵從四面八方湧來，這些公敵就由沒組進相乘效果支援組的人全力擊退，支援組和攻擊者不要管後方，全力執行作戰！」

接著身旁的Mangan Blade也呼喊說：

「各軍團的聯絡人員共五名，已經在北之丸公園正東方的千代田區公所傳送門前待命！一確定擊破印堤，他們就會立刻離線去聯絡諸王，等諸王復活，我們就所有人一起護衛諸王前往區公所，依序離線，作戰也就宣告結束！有人有問題嗎！」

沒有一個人舉手。事到如今，春雪也已經沒有問題要問Cobalt她們，轉而對身旁的晶小聲說：

「請問，我們團的聯絡是由誰負責？」

回答他的，是站在晶另一邊的楓子。

「是Ash。他已經在區公所待命了。」

「咦……找綸，不，我是說，找Ash兄？」

「起初我本來想從Petit Paquet找個人託付，但收到聯絡說Lotus和Ash都待在鴉同學家裡，所以臨時決定交給他。這樣應該會比登出後發郵件通知要快個兩秒，所以正巧。」

楓子微笑著這麼說，春雪卻從她的聲調中感受到了某種可怕的事物，連連點頭。

緊接著，隊列最前面的Cobalt再度扯起嗓子：

「那麼太陽神印堤攻略作戰，就從現在開始！有支援能力的人，有多少就幫忙掛多少！」

她一聲令下，各處開始冒出五顏六色的光芒。Ardor Maiden也將右手的弓化為扇子，翩翩舞動。光的薄紗接連籠罩住眾人的裝甲，隨即透進體內似的消失。

等支援掛完，接著Mangan大喊：

「我們一路下坡，從田安門衝進公園！等相乘效果支援隊展開完畢，就開始攻擊！——我們上！」

將近百名超頻連線者並不呼喝以壯聲勢，而是高高舉起一隻手。

Cobalt她們轉過身來，也同樣舉起左手，然後往前一倒。巨大的隊列，開始猛烈地衝下靖國大道。

前進兩百公尺處右轉，越過架在內壕上的橋，進入化為壯麗大門的田安門。這一踏進去，一度被遮住的太陽神印堤就再度顯露出它的威容。

與大火球的距離已經不到五十公尺。從夜空灑落的月光被紅蓮熱焰蓋過，強烈的熱浪燒灼著空氣。碰到印堤底部的地面熔解為火紅的熔岩池，發出令人毛骨悚然的咕嘟聲冒泡。

但支援組的菁英們仍然毫不畏懼，在白堊廣場散開，分成七個小組，一齊發出必殺技與心念的光芒。而在這些人的正中央，Lime Bell舉起了左手的強化外裝「聖歌搖鈴」。

「隨時可以上了，Crow！」

在千百合的喊聲引導下，春雪把雙翼張到最開。加入防衛隊的伙伴們從後方發出呼喊，更推了他一把。

「交給你啦，Crow！」

「鴉鴉一定辦得到的！」

「鴉同學，幹掉它！」

這些喊聲，和其他軍團的聲援交疊在一起。春雪深深吸一口氣，呼喊。

「——我要上了！」

他握住輝明劍的劍柄，蹬地而起。

他振動構成翅膀的十片金屬翼片，以全速飛行。讓五個王瞬間斃命的這顆直徑二十公尺大火球，直逼到眼前。

春雪一衝進高熱傷害圈……

「香櫞鐘聲——！」

千百合也幾乎在同時，高聲喊出了招式名稱。

令人難以置信的超高熱，一瞬間就將金屬裝甲加熱到熔點。體力計量表開始減少的瞬間，就有一道萊姆色的光芒籠罩住春雪。

「時鐘魔女」Lime Bell的必殺技「香櫞鐘聲・模式I」，透過回溯目標的時間，對任何損傷都能恢復原狀，這種能力比Silver Crow的飛行能力更加稀有。相對的必殺技計量表的消耗也很劇烈，但只要請其他超頻連線者幫忙回復計量表，也就能夠創造出事實上的無敵狀態——本來應該是這樣。

即使開始回溯，春雪的體力計量表仍持續慢慢減少。照這個速度算來，多半撐不住Cobalt她們告知的六十秒時間限制。想來多半五十……不，四十五秒就是極限了吧。

——正合我意！

春雪在心中這麼一吼，高高舉起了雙手握持的輝明劍。

他衝入了翻騰洶湧的核融合火焰中。從火焰的縫隙間，瞥見了那長著尖刺，拘束住印堤本體的寶冠——神器「The Luminary」的荊冠。

只要能夠破壞這寶冠，印堤應該就會擺脫白之王的支配，遵照原本的行動模式，滾到別的地方去。如此也同樣能夠讓諸王復活，但白之王囚禁了鐵匠NPC史密斯先生，對The Luminaty施加了「高熱傷害無效」的強化。既然如此，她沒有理由不加上「物理傷害無效」的強化，若是如此，Omega流的術理就不會管用。就如Sentry所說，Omega流不是心念，無法超越系統的限制。

因此春雪放棄了斬斷荊冠的選擇，衝入更深的火焰之中。

看見了。不，是感覺到了。

紅蓮烈焰的深處，存在著一個熔岩般發光的球體。那就是太陽神印堤的核心——本體。

剩下四十秒。

核心的直徑多半也將近十五公尺。從極近距離看去，就只是一堵微微彎曲的牆壁，但既然是曲面，就能夠找出極微。他不靠視覺，而是靠想像力注視著唯一一個點，舉起愛劍下劈。

輝明劍的劍刃劈開翻騰的火焰，逼向印堤本體。

刀身瞬間熱得發紅。香櫞鐘聲的效果無法連帶讓強化外裝受益。若非讓史密斯先生施加過高熱傷害無效的強化，劍多半會連本體都砍不到就先蒸發。

但愛劍靠著自身發出的火紅光芒來阻隔高熱，劍尖終於接觸到了敵人的本體。

春雪的視野中，出現了只有一條的體力計量表。

連在中城大樓對打過的英靈戰士，都有足足四段計量表——不，要疑惑可以晚點再疑惑。現在該想的只有一件事，就是斬斷本體，把這條計量表給砍掉。

春雪再度讓愛劍與雙手的神經連線，用劍尖感受印堤本體。

很硬。

這硬度更超越他在修行的最後階段用想像創造出來的鎢鋼球。物質密度高得駭人。就連噴火獸的硬殼與這個核心相比，也只像是硬煎餅。

會被彈開。

這剎那間的預感直貫春雪腦門，讓他咬緊了牙關。

自己的體力計量表已經低於七成。想來頂多只能再揮出兩劍，而且如果第一劍被彈開，相信第二劍、第三劍的結果也會一樣。

——學姊。

最後一次看到的黑雪公主身影……側躺著睡著的她那稚氣未脫的睡臉，在春雪腦海中浮現。

黑雪公主現在，正待在有田家的客廳裡，迫不及待地等候擊破印堤的消息。能不能擺脫無限EK狀態，就看春雪的這一劍。

腦海中浮現出的睡臉上，浮現出八個數字。20320930——列印在後頸條碼下方的數字串。

我想救她。

不只是從無限EK狀態，更想拯救以機械小孩的方式出生，懷著強烈疏離感呱呱落地的黑雪公主。想幫助她，想和她一起看到這世界的盡頭。

——你行的。

他聽見了說話聲。

——你可以的。——你辦得到。——你可以做到。——你可以的啦。

許多說話聲在體內流過。

——沒錯，你辦得到。因為你是我第一個，也是最後一個徒弟。

——來，相信自己……斬下去！

極！

春雪把自己的所有意志力都轉換為力量，集中在輝明劍的劍刃與印堤接觸到的一個最小的點上，往正下方直劈下去。

鏗——————！

一聲尖銳卻又不怎麼真實的聲響，迴盪在四周。

接著春雪看見了。

看見熱得發紅的球體表面，一條純白的線筆直延伸。很快地線條達到了正上方與正下方的頂點，更繞往後方，接在一起。

圍繞在本體赤道線上的銀色荊冠，無聲無息地瓦解了。

接著，神獸級公敵——太陽神印堤的本體，慢慢往左右分開。

內部噴出莫大的熱量洪流，形成螺旋狀往上噴發，將月光空間的夜空燒得通紅。

……結束了……？

劍上留有確切的手感，但腦子遲遲無法相信，讓春雪茫然仰望著這始終毫不間斷釋出的能量洪流。螺旋狀的火焰衝上遙遠的高空，就像出絲線解成多股細線似的擴散開來，在夜空中開出一朵巨大的紅花。

熱焰的洪流看似會永遠繼續竄升，但勢頭逐漸減弱，呈現不規則的脈動，慢慢變細——終於消失。

顯示在視野中的印堤體力計量表歸零的同時，被一刀兩斷的本體染成藍色，灑出過去打倒過的公敵中最大規模的碎片後碎裂四散。大量的超頻點數加算進來，似乎還掉了幾樣物品，但春雪別說查看物品欄，連揮到底的輝明劍都無法收回。

……這些點數和寶物，要拿出來跟參加作戰的所有人平分。

他一邊茫然想著這樣的念頭，一邊總算舉起了愛劍。

結果看見薄薄的劍刃已經滿是缺角，劍身上也有著多道裂痕。相信在重新登入進來之前，這些損傷都不會復原。

——謝謝你。

春雪對承受住印堤熱焰的愛劍道謝，輕輕收入鞘中。他左手還碰著劍柄，正在空中懸停，結果——

「Crow，辛苦了！可是這邊也要你幫忙一下！」

他聽見千百合的喊聲，趕緊轉頭。

春雪看見的，是為春雪回復的Lime Bell，以及持續為她補充必殺技計量表的支援組，排出半圓形陣形保護他們的護衛組……以及在更遠方蠢蠢欲動的許多異形影子。是支援隊動用了心念，所以引來了待在附近的公敵。

所幸這些公敵似乎都是小獸級或野獸級，並未包括巨獸級，但數量很多。如果不在黑雪公主他們潛行進來之前就全部解決，不知道會發生什麼情形。

在千代田區公所待命的各軍團聯絡人員，應該都已經見證到印堤被消滅，從傳送門脫離。他們在現實世界中醒來，聯絡各自的團長，讓諸王唸出加速指令，這過程至少也要花上兩秒鐘。在這個世界就是三十分鐘出頭，他們得在這之前擊破公敵群才行。

「——Bell，我們上！」

春雪卯足最後剩下的一點氣力，大喊一聲。他在千百合身旁著地，同時開始奔跑。支援組的眾人也紛紛一邊對他露出笑容或豎起大拇指，一邊散往前線。

到了這個時候，春雪心中才終於有了切身的體認，體認到他們終於擊破了太陽神印堤——擊破了這個從來不曾有人擊破的傳說公敵。當然這不是只靠他自己的力量辦到的。若不是有在場的所有超頻連線者、過去引導春雪前進的先達，以及和他較勁過的對手們，就絕對不可能辦到。

——我辦到了，學姊！我辦到了，師範！

春雪對現實世界的黑雪公主與瀨利送出這樣的思念，然後飛奔而出，去幫助正和雙頭蜥蜴型公敵打鬥的Cyan Pile與Magenta Scissor。

11

即使聚集了六大軍團的眾多強者，要將超過二十隻的公敵盡數擊破，仍得用上將近二十分鐘。

如果所有人都施展心念，多半只要一半的時間，不，多半花不到五分鐘就能一掃而空，但這樣就會叫來新的公敵。因此他們只用普通攻擊與必殺技，腳踏實地地一隻一隻擊破，等最後剩下的大型野獸級公敵四散，春雪已經耗盡了精神力，當場癱坐下來。

他並未用上劍刃已經殘缺不全的輝明劍，而是以許久沒有動用的拳打腳踢應戰，但花了些時間，才想起間距怎麼抓，身體怎麼動。他正暗自想著，這下在修行劍術之餘，也得好好練練格鬥才行，結果……

「辛苦了，Crow兄。」

一隻手隨著這句話伸到他面前。抬頭一看，將神器The Infinity收入鞘中的Trilead Tetraoxide微笑著站在那兒。春雪靠他拉著站起，但腳完全使不上力，不由得一個踉蹌。Trilead立刻將手伸到春雪背後，將他扶穩。

「謝……謝了，Lead。」

他一道謝，年輕武士就以感慨至極的聲調回應。

「彼此彼此……你讓我見識到了非常棒的劍技。Crow兄才剛踏上劍這條路，要揮出那樣的一劍，真不知道需要做多少修行……」

「還好啦，我也只是每天拿劍空揮……」

「原來如此。果然揮劍就是一切的基礎啊。我也想回歸初衷，重新修行了。」

「咦咦，Lead你不要練過頭啦！」

不知不覺間，黑暗星雲的伙伴們已經圍繞住聊著這些話的兩人。所有人都在臉上露出溫暖的笑容，一和春雪對看到，就朝他深深點頭。

最後上前的楓子從輪椅上站起，手放上春雪的右肩。

「來，鴉同學……一起去迎接我們的團長吧。」

「好的！」

春雪大聲回答，脫離Lead的攙扶，挺直了腰桿。雖然疲勞度已經離極限只差一步，但在見證到黑雪公主復活前，他都不能倒下。

其他軍團的團員們，也一起朝著印堤消失的武道館遺址走去。原本化為熔岩的地面也已經冷卻，化為粗糙的圓坑。快的話不用十分鐘五個王就會潛行進來，瞬間復活。

圓坑內部，也看不見和諸王死在同個位置的Wolfram Cerberus與Black Vise的復活標記。說來理所當然，但他們多半也是用強制斷線的方式，逃過了無限ＥＫ。但在這種被敵人包圍的狀況下，應該沒有辦法復活。Black Vise永遠死在那兒他也無所謂，但對於Cerberus，春雪說什麼也非得將他和災禍之鎧MarkⅡ分離開來不可。

——Cerberus，你再忍耐一下。我絕對會把你從加速研究社救出來。

春雪在心中呼喚這個亦敵亦友的格鬥天才，仰望夜空。

正上方仍有從印堤本體釋出的高熱能量靜靜翻騰。與剛爆炸時比起來，已經縮小到大約一半左右，想來應該再過一會兒就會消失，但竟然能夠持續二十分鐘以上，這能量的量實在大得令人想了都害怕。

Ardor Maiden站在春雪身旁，同樣仰望著上空，發出狐疑的聲音：

「那是印堤的火焰嗎？」

「嗯……嗯，是斬了本體的時候發出的。還好是往上跑，如果是往旁邊擴散，現在所有人可能都已經被波及燒死。」

春雪略帶玩笑語氣這麼說，但Maiden的視線始終朝向空中，並不拉回。

「……楓姊，公敵都死了，卻只有能量還剩下來，這種現象妳看過嗎？」

被謠這麼問到，楓子歪頭想了想，然後回答：

「沒有……我想沒有。可是，印堤從頭到尾都是個超規格的公敵，也有一些地方不能用常理判斷吧？」

「說得……也是……」

謠點點頭，春雪將視線從她的側臉上拉開，再度仰望照亮了夜空的紅色餘火。

公敵都死了，能量卻還留著。這句話硬是讓他覺得有蹊蹺。

楓子都沒見過的現象，春雪不可能已經看過。可是，總覺得自己曾在別處看過這樣的現象……那是，沒錯，就是體感上和攻略印堤時差不多辛苦的東京中城大樓……

「梅丹佐……第一型態。」

自己脫口而出的這句話，讓春雪不由得全身僵硬。

神獸級公敵大天使梅丹佐的第一型態，在遭到破壞後，只有從頭部伸出的長長突起仍留在空中。那不是能量，而是物件，但現象是一樣的。這些突起瓦解為螺旋狀，堪稱梅丹佐真面目的第二型態，就是從裡頭出現的。

…………如果。

如果說。如果說——

二十幾分鐘前春雪所斬的太陽神印堤……

是第一型態？

彷彿他的這個念頭掀起了漣漪。

在遙遠的上空呈漩渦狀翻騰的火焰，增加了旋轉的速度。正中央有個小小的光點在閃動。

忽然間，春雪猜到了。那些熱能量，並非單純在縮減。

是在濃縮。花了很長的時間凝聚，正要產生某種東西。

從破壞梅丹佐的第一型態，到第二型態出現，只用上了幾十秒，但印堤卻花了二十分鐘以上，這是為什麼？

是為了給玩家時間逃走。也就是說，接下來要出現的，就是如此強大……

「……大家……」

快離開這裡！為了喊出這句話，春雪深深吸氣。但他尚未從喉嚨發出聲音——

一道深紅的光線，從翻騰的火焰中心點往正下方發射。

光線射在圓坑底部，往前後左右高速移動，就像３Ｄ列印機似的，製造出了一些物體。那是兩根直徑與長度都長得無以復加的血紅巨柱。

起初還以為是建築物。但兩根柱子約五十公尺上空以上的部分，接合成一根更粗的柱子。接著空中又畫出了兩根較細的柱子，在約一百公尺上空與粗柱子接合。最後加上一個橢圓形的突起，光線就此消失。

「巨人……」

拓武在身後輕聲說了這句話。

的確，出現在圓坑底部的，是有著兩隻腳，兩隻手，平坦的軀幹與空白頭部的人形物件，但用巨人二字，實在不足以形容這種威容。身高顯然超過一百公尺，足以和千代田區公所的廳舍比肩。在與白之團的領土戰爭中出現的邪神級（Evil），頭頂高度約為十公尺，就足以讓春雪覺得巨大無比。

「那是……公敵嗎……？」

志帆子在背後喃喃自語。

沒有人能夠回答。如果先前春雪的直覺正確，這就是太陽神印堤的第二型態，那麼當然只可能是公敵，但本能全力拒絕承認這一點。還有可能是某種單純只是巨大的紀念碑之類，不會活動的物件……

忽然間……

橢圓形的巨人頭部，浮現出同心圓狀的白色發光紋路。

轟隆巨響的重低音響徹四周良久。

深紅色的巨大身軀微微動了動。光是這麼一動，地面與空氣就劇烈震動。

「……要動了……」

拓武在左側低聲驚呼。

是公敵。春雪斬斷的不是太陽神印堤的本體。那只是外殼——真正的本體被封印在殼中。該轉身逃走嗎？但印堤本體並未盯上春雪等人。也可能因為貿然跑動，反而導致公敵攻性化（Aggro）。指揮官Cobalt與Mangan似乎也無法判斷該如何行動。

緊繃到極限的停滯——

被一道流星劃破。

不知從何處飛來的銀光，命中了巨人的頭部。光瞬間展開成環狀，環繞住了白色同心圓紋路上方不遠的部位。銀環一瞬間發出強光，一頂伸出無數尖刺的冠化為實體。那是……

「The Luminary的……荊冠。」

喃喃說出這句話的，是曾和春雪一起跟梅丹佐第一型態打過的Trilead。錯不了。那是七神器（Seven Arcs）的四號星（Delta）「天權」The Luminary所創造出來的，用以支配公敵的荊棘之冠。

又一陣轟隆巨響。

巨人發出重低音，上半身大幅後仰。明明應該已經處在The Luminary支配力的影響下，但仍舉起雙手，想扯下額頭上的荊冠。

但同時有兩道新的流星，從巨大的月亮中落下。兩道流星命中巨人雙手手腕，也形成了荊冠。

流星仍不停下，接著又有三道命中軀幹，在胸部、腹部、腰部都形成荊冠。

到了這個時候，巨人總算停止不動。

臉上的同心圓紋路頻頻閃爍，渾濁了純白的光。雙手無力地垂下，身軀微微前傾。

春雪確定巨人已經完全靜止不動，然後將視線轉往高掛在中天的月亮。

有個物體以蒼白的月亮為背景，緩緩下降。是背上長著翅膀的白色飛馬。四隻腳的蹄踏著空氣，呈螺旋狀下降的白馬背上，坐著身穿銀色全身鎧的騎士，以及——另一個人。

白色。

這人纖瘦得令人難以置信的身上，穿著比飛馬，也比月亮更白的禮服形裝甲。一頭長金髮被夜風吹動，臉部因逆光而看不敲處，但頭頂上有著造型端麗的寶冠，右手提著長長的杖。

飛馬落到巨人的左肩，收起了翅膀。

手握轠繩的騎士型虛擬角色名稱，春雪已經知道。他是震盪宇宙幹部集團「七矮星」當中位列第一的「破壞者（Basher）」Platinum Cavalier。

然而，側坐在Cavalier身前的純白女性型虛擬角色，他就不曾見過。是先前並未現身的七矮星當中的第五人或第六人嗎？但記得這兩人的色名並不是白色系……

春雪正茫然地想到這裡。

楓子無聲無息地從輪椅上站起，以幾乎不成聲的聲音，悄悄說了一句：

「…………Cosmos。」

春雪用上半秒鐘左右，才懂了這句話意味著什麼。

Cosmos。

也就是說——也就是說，那個女性型虛擬角色，就是震盪宇宙的軍團長，也是加速研究社社長，外號「剎那永恆」的白之王White Cosmos。也是讓Suffron Blossom點數全失，創造出災禍之鎧與ＩＳＳ套件，利用親生妹妹兼「下輩」黑雪公主，砍下前代紅之王首級，製造出一切悲劇的元凶。

然而，過去從來不曾——扣掉以觀戰用的偽裝虛擬角色，出現在梅鄉國中校慶時以外——現身的白之王，為什麼，會在此時此地……

是為了馴服太陽神印堤的第二型態？為了拯救眼看就要遭到巨人蹂躪的這群超頻連線者？

春雪以半麻痺的腦袋想著這樣的念頭，耳裡就聽到以前那聽過唯一一次的嗓音。既像年幼少女般甜美，又像高潔聖女般清澈。

「謝謝你，Silver Crow。」

Cosmos明明待在高達一百公尺的高度，說話聲卻完美而清晰地透進春雪的意識之中。

「過去不管我們如何嘗試都打不破的蛋，竟然是由你為我們打破，這讓我小小吃驚，大大感謝。你真的變強了呢……」

「蛋……妳說蛋……？」

白之王彷彿聽見了春雪沙啞的嗓音，回答說：

「對。名叫太陽神印堤的公敵，正是將這個世界的扭曲盡收於內的蛋。當這顆蛋打破，世界末日就要開始。我來介紹……」

Cosmos揮動右手的杖，不，是揮動權杖，，深紅色巨人就再度有了動作，右手按上胸口。

「他是超級公敵，『末日神特斯卡特利波卡』。」

這名字似乎在哪兒聽過……春雪正歪頭納悶，集團中立刻有人發出尖銳的喝叱聲。

「Cosmos，不要胡說八道！」

喊出這句話的，是紫之團的副團長Aster Vine。

「印堤是印加神話的神！從裡面跑出特斯卡特利波卡這個阿茲提克神話裡面的神，根本說不通！」

「呵呵，也許吧。可是啊，Aster小妹妹，這個世界裡用什麼名稱，其實沒有什麼大不了的意義。因為幾乎所有專有名詞，都不過是系統隨便挑個合用的名字就套用上去罷了。就連我和妳的名字也不例外，是不是？」

一聽到這番話，春雪忽然猜到是怎麼回事。

White Cosmos不是為了救這群超頻連線者，才馴服印堤第二型態——照她的說法，是叫作「特斯卡特利波卡」。不可能是這樣。因為對Cosmos而言，這群人是生是死，根本不重要。

彷彿是在肯定春雪的直覺，白之王再度舉起右手的權杖。

「好了……這樣一來，需要的牌都齊了。為了答謝你們，我就讓你們第一個見識特斯卡特利波卡的力量。」

權杖輕輕一揮，巨人挪動按在胸前的右手，五根手指張開，朝向春雪等人。

「——退避！」

Cobalt Blade在右側大喊。

將近一百名超頻連線者，連零點一秒的延遲都沒有，立刻轉身就要跑向田安門方向。

然而——

巨人舉起的右手手掌上，出現了黑色的同心圓。又是一陣山崩似的重低聲響起。全身忽然間變得像鉛塊一樣沉重，讓春雪當場跪了下來。周遭的伙伴們也都已經用手撐在地上。唯一的例外是坐在輪椅上的Sky Raker，但造型纖細的車輪受到劇烈擠壓，眼看隨時都會解體。

就在春雪眼前，Chocolat Puppeteer承受不住壓在身上的重量，往前倒了下去。巧克力色的裝甲竄出裂痕，她也發出細小的哀嚎。

「休可……！」

春雪拚命伸手，但碰不到Chocolat。想來是巨人的右手將周遭的重力增幅到數倍之多。

體力計量表減少的速度意外地慢，但慢歸慢，如果就這樣繼續受到擠壓，遲早總會死掉。

想來要逃出這重力圈，就非得想辦法處理巨人——特斯卡特利波卡的右手不可。

春雪拚命擠出聲音，抓著地面轉動身體。

「大家，加油啊……！」

結果看見特斯卡特利波卡漸漸後退。巨人右手仍然維持重力攻擊，後退走出圓坑。待在巨人左肩上的白之王，已經不再看向春雪等人。她的視線一動也不動，注視空無一物的圓坑正中央。

——那裡明明什麼都沒有。

春雪的疑念，忽然間轉變為令人全身血液結冰似的戰慄。

現在什麼都沒有，可是，等一下就會出現。就快了……說不定，不用再過幾秒就會出現。

「……不可以……」

春雪一邊試著抗拒超重力站起，一邊不惜扯破喉嚨似的呼喊：

「不可以！學姊，不可以來啊————！」

但他的呼喊，絕對不可能跨越世界間的藩籬。

最壞的預測，在兩秒鐘後成了現實。

圓坑正中央產生了小小的光芒。光芒迅速增加，先形成旋轉圖示般的形狀。死亡標記……

但標記的擁有者死後已經過了太充分的時間，所以標記立刻展開，讓持有者復活。

最先出現的，是黃之王Yellow Radio。

相信所有聯絡人員，都以最快的速度完成了任務。過不到一秒鐘，又有下一個標記出現，讓綠之王Green Grandee復活。接著是紫之王Purple Thorn、藍之王Blue Knight，以及——黑之王Black Lotus。

白之王朝著這五名總算擺脫太陽神印堤無限ＥＫ的９級玩家(Niner)——

從遙遠的高處說：

「許久不曾再會，卻非得立刻道別不可，實在令人遺憾。再見了，我的朋友們。再見了，我心愛的下輩。你們直到最後，都好好盡到了你們的職責。」

權杖彷彿依依不捨，緩緩揮下。

特斯卡特利波卡舉起左手，朝向五個王。攤開的手掌上，亮起了耀眼的紅色同心圓。

（待續）

後記

各位讀者好久不見，我是川原礫。在此為各位送上《加速世界》第24集〈青華劍仙〉。

總覺得這幾集來，每次都在後記裡為了出刊間隔太長而道歉，而本集也足足讓各位等了十一個月。《加速世界》原本就有很多集是以「待續」收尾，要是隔個一年，真的會讓人把上一集的內容給忘掉吧……真的是非常慚愧……

當然，劇情也是遲遲沒有進展，但從第17集以來就一直持續到現在的〈白之團篇〉，感覺也終於要在下一集結束了。啊，那邊那位，你一定不相信吧！這也難怪！不過下一集的事情就等下一集再說，在這邊還是先提一下24集的內容。

（以下會洩漏劇情，請注意！）

雖然加速世界的所有規則都有著例外，但在這一集終於搞出了讓已經死掉的Sentry復活的事情來。就如她自己所說，這個方法並不是對所有退場者都能適用（不如說實質上只有Sentry能用），但又有過用不同方法復活的Orchid Oracle這個例子，今後會怎樣，真令我有幾分不安。只是，能夠把以往都只以神祕說話聲出現的Centaurea Sentry，包括現實中的模樣在內，都好好描寫出來，令我意想不到地開心，還把本來想提到印堤的副標題，換成了提到Sentry試試。這下對春雪來說，占師父缺的大姊姊又變多了，但他就是生在這樣的命運下，所以總覺得Sentry大概也不會最後一個大姊姊。

再來是慣例的近況單元……但還是老樣子，正為了別套書的種種跨媒體作品而忙得不可開交。那套書到今年就是刊行十週年，所以承蒙各界幫忙做了很多企畫，這也就表示加速世界也是十週年吧！可是只有這套書什麼都沒有，讓我覺得非常落寞，所以心想，希望至少我個人可以做些什麼。

在私生活方面……照慣例沒什麼特別的事情，但想搬家計量表正逐漸上升。希望下次可以搬到靠近海邊或山上的地方！

最後，每次每次都拖到最後一刻，給負責插畫的ＨＩＭＡ老師、責編三木氏與安達氏添了麻煩！每次都真的非常謝謝各位！而一路看到這一集的各位讀者，下一集也請繼續給予支持與愛護！

二〇一九年六月某日　川原 礫

刀劍神域外傳Clover's regret 1~3（完）

Kadokawa Fantastic Novels

作者：渡瀨草一郎　插畫：ぎん太　原案・監修：川原 礫

以VRMMO「飛鳥帝國」為舞台編綴！
另一個「SAO」的故事，在此完結！

十分清楚VRMMO裡面唯一的「偵探」克雷威爾真實面貌的不尋常美女登場，使得那由他和小曆掩不住驚訝。另一方面，在現實世界的克雷威爾家裡，發生了那由他過夜的事件。兩人持續保持微妙距離的關係，即將產生巨大的變化——？

各 NT$240~250/HK$75~80

Sword Art Online刀劍神域 1~22 待續

Kadokawa Fantastic Novels

作者：川原 礫　插畫：abec

在阿爾普海姆展開的全新冒險，
以及「絕劍」誕生的軌跡！

在攻略「SAO」當中，桐人向亞絲娜求婚並且開始新婚生活。但是到達新居的兩個人，眼前所出現的不可思議光景是……？以新的虛擬角色潛行至新生「SAO」之後，亞絲娜就受到謎樣的「抽離現象」襲擊。其原因是「SAO」時代所發生的悲劇之一——

各 **NT$190~260/HK$50~75**

叛亂機械 1~2 待續

Kadokawa Fantastic Novels

作者：ミサキナギ　插畫：れい亜

吸血鬼公主與機關騎士展開行動，
正義與反抗的戰鬥奇幻故事第二集！

吸血鬼革命軍的屠殺恐怖動亂後過了三週，排除吸血鬼運動的聲勢在國內迅速增長。水無月等人開始調查先前與睦月戰鬥後揭曉的「白檀式」的人工頭腦中之所以有「吸血鬼腦」的真相。然而，全球最大的自動人偶廠商CEO卻突然出現在他們面前……

各 **NT$220/HK$73**

魔王學院的不適任者～史上最強的魔王始祖，轉生就讀子孫們的學校～ 1~4〈上〉待續

Kadokawa Fantastic Novels

作者：秋　插畫：しずまよしのり

為了將連神也能毀滅的阿諾斯從這個世界上消滅掉，神話的戰爭如今再度揭開序幕！

阿諾斯阻止虛假的魔王所策劃的魔族與人類之間的戰爭後，魔王學院出現了一名新任教師。他的真實身分正是自兩千年前的神話時代就與阿諾斯敵對的一柱神族——天父神諾司加里亞！暴虐魔王將一切不講理的事物粉碎掉的痛快小說——第四章〈大精靈篇〉！

各 **NT$250~260/HK$83~87**

我的妹妹哪有這麼可愛！ 1~13 待續

Kadokawa Fantastic Novels

作者：伏見つかさ　插畫：かんざきひろ

接下來要說的不是「我和妹妹」的故事——
是我和綾瀬的故事。

高中三年級的六月。綾瀬找我商量事情。綾瀬是妹妹的好友，非常討厭我……但是在諮詢的過程當中，我和綾瀬之間的距離急速縮小。和綾瀬去秋葉原約會、一起玩妹系遊戲、一起參加夏Comi——事情為什麼會變成這樣？

各 **NT$180~250/HK$50~70**

86—不存在的戰區— 1~7 待續

Kadokawa Fantastic Novels

作者：安里アサト　插畫：しらび

戰場上所許下的「約定」——
然而實現之前，辛和蕾娜必須……？

「第86獨立機動打擊群」的活躍使得聯邦與聯合王國成功擄獲了高階指揮官機「無情女王」。因此，立下大功的將士們也獲得了褒賞——特別休假，暫時告別那些滿是黑鐵與鮮血的日子。就在此時，屬於辛與蕾娜的另一戰線也悄悄展開……？

各 **NT$220~260/HK$73~87**

國家圖書館出版品預行編目資料

加速世界. 24, 青華劍仙 / 川原礫作 ; 邱鍾仁譯. --
初版. -- 臺北市 : 臺灣角川, 2020.09
面 ; 公分. -- (Kadokawa fantastic novels)

譯自 : アクセル．ワールド. 24, 青華の剣仙
ISBN 978-957-743-956-7 (平裝)

861.57 109010198

Kadokawa
Fantastic
Novels

加速世界 24
青華劍仙

（原著名：アクセル・ワールド24　—青華の剣仙—）

2020年9月16日　初版第1刷發行

作　者：川原 礫
插　畫：HIMA
日版設計：BEE-PEE
譯　者：邱鍾仁

發行人：岩崎剛人
總編輯：蔡佩芬
主　編：朱哲成
美術設計：吳佳昀
印　務：李明修（主任）、張加恩（主任）、張凱棋

發行所：台灣角川股份有限公司
地　址：105台北市光復北路11巷44號5樓
電　話：（02）2747-2433
傳　真：（02）2747-2558
網　址：http://www.kadokawa.com.tw
劃撥帳戶：台灣角川股份有限公司
劃撥帳號：19487412
法律顧問：有澤法律事務所
製　版：尚騰印刷事業有限公司
ISBN：978-957-743-956-7

Accel World Vol.24 -SEIKA NO KENSEN-

Edited by 電撃文庫
First published in 2019 by KADOKAWA CORPORATION,Tokyo.
Complex Chinese translation rights arranged with KADOKAWA CORPORATION,Tokyo.